지혜로운 삶을 위한 대화

탈무드

지혜로운 삶을 위한 대화

탈무드

초판 인쇄 | 2004년 11월 15일
초판 발행 | 2004년 11월 20일
지은이 | 마빈 토케이어
발행인 | 임순엽
발행처 | 무진미디어
등록번호 | 제 11-300호
주소 | 서울시 강북구 수유1동 466-49
전화 | 02-945-3431
팩스 | 02-945-3430

ISBN 89-953548-4-4

지혜로운 삶을 위한 대화

탈무드

마빈 토케이어 지음 | 장석진 편역

무진미디어

지혜로운 삶을 위한 대화

흔히 민족적 특색을 두고 논의하거나 특정 민족의 장단점을 얘기할 때, 가장 많이 거론되는 것이 유태민족일 것이다. 그것은 유태 민족의 역사와, 그들 고유의 종교에 연유한다고 할 수 있다.

5천 년의 역사를 이민족의 박해와 침탈의 대상이 되어 왔으면서도 고유의 문화를 지켜왔으며, 끊임없는 이합집산의 디아스포라(Diaspora : 流民化) 중에서도 끈질기게 생명을 유지할 수 있었던 유태 민족의 저력은 바로 그들의 생존과 직결된다.

그런데 이러한 생명력의 원천은 어디에 있는가? 그것은 바로 「탈무드」에 그 해답이 있다.

유태교의 성전인 「구약성서」는 뒤에 그리스도교의 경전이 되었기 때문에 정통적 유태교에서는, 그 이후의 구전율법口傳律法과 고대 말기에 그 해석을 집대성한 탈무드를 성전聖典에 추가하여 오히려 거기에서 유태교의 특색을 구하는 경향이 있다.

유태교는 본래의 특색이 율법에 있다고 할 수 있다. 탈무드는 이러한 율법의 산물로써 법률, 전통적 관습, 축제, 민간전승 등 유태인의 삶의 철학과 지혜를 담은 책이라 할 수 있다.

다시 말하면 율법의 기초는 계약개념이며, 이것은 고대 메소포타미아의 경제적·사회적 통념이었는데, 그것이 신神과 인간에 끌어들여진 것이 유태교의 특성이며, 그 산물이 탈무드이다.

「탈무드(Talmud)」란 헤브라이어로 '가르치다'의 뜻에 대한 교훈이나 설명을 뜻한다. 탈무드는 랍비(선생)들에 의해 집대성되었고, 그 해석이나 전승도 랍비들에 의해 이루어졌다. 성서 다음으로 유태인의 정신적 지주가 되어 왔으며, 그들의 종교적 생활만이 아니라 법적 규정이나 판례법까지 포함하고 있다. 그러므로 그 시대 유태 민족의 사상이나 생활 양식, 그리스도교와의 관계를 파악하는데 귀중한 자료가 된다.

탈무드에는 팔레스티나에서 나온 것(4C말 편찬)과 메소포타미아에서 나온(6C경 편찬) 것의 두 종류에서 전자는「팔레스티나 탈무드」, 혹은「예루살렘 탈무드」라 불리며, 후자는「바빌로니아 탈무드」라 불린다. 그런데 흔히 우리가 말하는 탈무드는「바빌로니아 탈무드」를 가리킨다.

저자 마빈 토케이어는 유태교단의 랍비로서, 1936년 뉴욕에서 태어나 예시바대학을 졸업한 후 일본으로 건너가 6년 동안 유태교단의 랍비로서 생활했다. 그동안 그는 탈무드적 사고방식과 생활의 지혜 등을

응용하여 많은 저서를 냈으며, 이 책도 그 중의 하나
로써 방대한 분량의 탈무드 가운데서 가장 핵심적인
부분과 실생활에 적용될 수 있는 내용들을 뽑아 저
자 자신이 엮은 것이다.

　물론 이 책은 유태인의 성전인 만큼 그들의 사고
방식과 생활 태도, 가치관이 중심이 되어 있다. 따라
서　어느 부분은 생활 환경과　역사적 조건이 다른
우리에게는 접목되지 않는 부분도 있겠으나, 문제
해결 방식이나 인생을 바라보는 척도는 충분히 우리
들에게 귀감이 될 수 있으리라 본다.

　특히 저자 특유의 유머 감각과 탁월한 문체가 독
자들로 하여금 쉽게　탈무드를 접하게 해줄 것이다.

김현수 문학 평론가

I 탈무드의 마음

∷

탈무드(Talmud)란 '위대한 연구'라는 뜻이다. 5천 년간에 걸쳐 유태 민족을 지탱시켜온 그들의 생활 규범이다. 이 장에서는 이 방대한 성전(聖典)에 대해서 가능한 한 충실한 해설을 시도했다. 탈무드의 문을 여는 것은 당신 자신의 마음이다. 그리고 탈무드의 마음을 붙잡는 것도 당신 자신의 명석한 두뇌와 부단한 노력에 의할 뿐이다.

탈무드란 무엇인가

어떤 사람이 유태인을 연구하기로 작정하고 우선 「구약성서」를 공부한 다음, 그것을 바탕으로 여러 가지 책을 읽어 나갔다. 그러나 그는 유태인이 아니었기 때문에 결국은 유태인의 인간성을 잘 이해할 수가 없었다. 그러는 동안에 그는 곧 유태인의 규범이 되어 있는 탈무드를 공부하지 않고서는 유태인을 이해할 수 없음을 깨닫게 되었다.

어느 날 그는 랍비의 문을 두드렸다. 랍비란, 나중에 자세히 설명하겠지만 유태교의 승려이다. 아니, 유태인에게 있어서 승려라기보다도 오히려 때로는 교사이고 때로는 재판관이며, 때로는 어버이이기도 한 존재이다.

그를 맞이한 랍비는, "당신은 탈무드를 공부하고 싶다고 말하고 있지만, 아직 당신은 탈무드를 펼칠 자격이 없소." 라고 말했다. 그러나 그 사람은, "저는 탈무드 공부를 시작하고 싶습니다."하고 끈덕지게 졸라댔다. 그리고는, "저에게 그 자격이 있는지 없는지 시험해 보아야 알 게 아닙니까? 저에게 그런 테스트를 한 번 해봐 주십시오."라고 말했다. 랍비는 그렇게까지 말한다면 간단한 시험 문제를 하나 내보겠다고 말하고 나서 다음과 같은 문제를 내놓았다.

두 명의 소년이 여름방학 때 집 굴뚝을 청소했다. 한 아이는 얼굴이 새까맣게 되어가지고 굴뚝에서 내려왔고, 또 한 아이는 얼굴에 그을음 하나 묻히지 않고 깨끗한 얼굴로 내려왔다. 당신은 어느 아이가 얼굴을 씻을 것이라고 생각하는가?

그 남자는, "물론 얼굴이 더러운 아이가 얼굴을 씻겠죠."라고 대답했다. 랍비는 차갑게, "그렇기 때문에 당신은 아직 탈무드를 펼칠 자격이 없소."라고 말했다. 그러자 그 남자는, "그러면 답은 무엇입니까?"하고 물었다. 그러자 랍비는, "당신이 만약 탈무드를 공부할 마음 자세가 되어 있다면 이렇게 답을 할 것이오."라고 말하면서 다음과 같이 설명했다.

"두 명의 소년이 굴뚝을 청소하고서, 한 명은 깨끗한 얼굴로, 한 명은 더러운 얼굴로 내려왔다. 얼굴이 더러운 아이는 얼굴이 깨끗한 아이를 보고서 자기 얼굴은 깨끗하다고 생각한다. 얼굴이 깨끗한 아이는 상대방 아이의 얼굴이 더러운 것을 보고서 자기 얼굴도 더럽다고 생각할 것이다."

그러자 그 남자는 갑자기, "아, 그렇군요."하고 외치면서, "한 번만 더 시험 문제를 내주십시오."라고 말했다. 랍비는 또다시 똑같은 질문을 했다.

"두 명의 소년이 굴뚝을 청소하고서 한 아이는 깨끗한 얼굴로, 또 한 아이는 더러운 얼굴로 내려왔다. 어느 아이가 얼굴을 씻을 것이라고 생각하는가?"

그 남자는 이미 답을 알고 있으므로, "물론 얼굴이 깨끗한 아이가 얼굴을 씻겠죠."라고 대답했다. 그러자 크게 낙담하여, "그러면 탈무드에서는 도대체 어떻게 말하고 있습니까?"라고 물었다.

랍비는, "두 명의 소년이 굴뚝을 청소했다면 똑같은 굴뚝을 청소하고 있는 것이므로, 한 아이의 얼굴은 깨끗하고 또 한 아이의 얼굴은 더럽게 되어서 내려올 수는 없는 일이오."라고 대답했다.

이것은 최근에 있었던 이야기이다. 어느 유명한 대학 교수 한 분이 집에 전화를 걸어왔다. 내용은 탈무드를 연구하고 싶으니까, 하룻밤만이라도 시간을 내달라는 것이었다. 나는 즉시 좋다고 했다. 그리고 정중히 다음과 같은 대답을 해주었다.

"좋습니다. 언제라도 시간을 내지요. 그러나 그대신 오실 때는 트럭을 타고 와주십시오."

탈무드는 모두 20권, 1만 2천 페이지에 달하며 단어 수 2백 5십만 이상, 중량 75킬로그램이나 되는 방대한 것이기 때문이다.

탈무드란 무엇인가, 어떻게 해서 만들어졌는가, 어떠한 책인가 등을 설명하기란 대단히 어려운 일이다. 너무 단순화시켜서 설명하다 보면 탈무드가 무엇인가를 왜곡시키게 되고, 또한 너무 상세히 설명하려면 한이 없기 때문이다.

탈무드는 책이 아니다. 이것은 문학이다. 1만 2천 페이지는 BC 5000년부터 AD 500년까지 구전口傳되어 오던 것을 10년 동안 2천 명의 학자들이 편찬한 것이다. 동시에 이것은 현대의 우리들까지 지배하고 있으므로, 말하자면 유태인 5천 년의 지혜이며, 온갖 정보의 보고寶庫라고도 말할 수 있다. 그러나 이것은 정치가 · 사업가 · 과학자 · 철학자 · 부호 · 저명인 등이 만든 것이 아니라 학자에 의하여 문화 · 도덕 · 종교 · 전통이 전달됐던 것이다.

이것은 법전은 아니지만 법을 이야기하고 있다. 역사서가 아니지만 역사를 이야기하고, 인명사전은 아니지만 많은 인물들의 이야기가 나온다. 그리고 백과사전은 아니지만 백과사전과 똑같은 역할을 하고 있다. 우리 삶의 의미는 무엇인가? 인간의 위엄이란 무엇인가? 행복이란 무엇인가? 사랑이란 무엇인가? 5천년에 걸친 유태인의 지적 재산, 정신적 자양滋養이 여기에 들어 있다. 진정한 의미에서의 탁월한 문헌이며, 화려한 문화의 모자이크이다.

서양 문명의 근본적인 문화양식과 서양 문명의 사고방식을 이해하기 위해서는 탈무드를 보지 않으면 안될 것이다.

이 책의 원류源流는 「구약성서」이며, 고대 유태인의 사상이라기보다는 「구약성서」를 보완하고, 더 나아가 「구약성서」를 확장한 것이라고 하는 편이 옳다. 그리스도 교도들은 그리스도 출현 이후의 유태 문화는 모두 무시하고자 했고 탈무드의 존재를 인정하기를 완강히 거부해 왔다.

탈무드는 글로 씌어지기 전에는 구전으로 교사에 의해서 학생들에게로 전해져 왔다. 그 때문에 많은 부분이 질문과 대답의 형식을 취하고 있다. 그 내용의 범위는 대단히 넓고, 온갖 테마가 헤브라이어와 아랍어로 말해지고 있다. 그리고 씌어질 때에는 구두점 같은 것은 일체 없었으며, 서문도 후기後記도 없는 오로지 내용만이 있는 것이었다.

탈무드는 대단히 방대한 분량으로 여기저기 흩어져 있었다. 유태인들은 탈무드의 여러 가지 귀중한 부분이 없어지는 것을 막기 위하여 전승자傳承者들을 한곳으로 모았다. 이때 전승자 가운데 머리가 좋은 사람은 일부러 제외시켰다고 한다. 그것은 그들이 자신의 의견을 덧붙임으로써 전승을 왜곡시킬 것을 두려워했기 때문이다.

이리하여 수백 년 동안 구전되어 온 탈무드의 편찬이 여러 도시에서 추진되었다. 오늘날에는 「바빌로니아의 탈무드」가 더 중요시되고 가장 권위가 있다고 인정되고 있다. 그러므로 탈무드라고 하면 일반적으로 「바빌로니아의 탈무드」를 가리키고 있다.

탈무드 속에 있는 말들은 이스라엘어를 비롯하여 바

빌로니아어 · 프랑스어 · 독일어 · 스페인어 · 북아프리
카어 · 터키어 · 폴란드어 · 러시아어 · 이탈리아어 · 영
어 · 중국어 등으로 번역되어졌다. 모든 위대한 나라에
서 이 탈무드가 연구되었고, 사람들은 읽은 후에 새로운
말을 덧붙였던 것이다. 탈무드의 새로운 판은 마지막 페
이지가 반드시 백지로 남겨져 있는데, 이것은 탈무드는
언제나 덧붙여 쓸 여지를 남겨놓고 있다는 것을 상징하
고 있다.

　탈무드는 읽는 것이 아니라 배우는 것이다. 나의 어린
딸은 내가 아침 일찍 일어나 탈무드를 공부하고 있는 것
을 본 후 3시간이 지난 후에 돌아와 들여다보아도 내가
아직 15개 정도의 단어밖에 읽지 못하고 있는 모습을 자
주 보게 된다. 그러나 이 15개 단어를 자신이 이해하고
그 의미를 완전히 파악하는 것은 자신의 인생 경험을 매
우 풍부하게 하여 주고, 사물에 대한 자기 자신의 사고
방식을 확립케 하고, 아주 좋은 기분으로 자신을 만족하
게 해준다. 사고능력, 혹은 정신을 단련시키는 데 있어

이것만큼 좋은 책은 없으리라 믿어 의심치 않는다.

따라서 탈무드는 「유태인의 영혼」이라고 말할 수 있다. 오랜 이산離散의 역사를 걸어온 유태민족에 있어서 유태인을 결속시켜 주는 것은 탈무드뿐이었다. 오늘날 모든 유태인을 탈무드의 연구자라고는 말할 수 없다. 그러나 정신적 자양분을 탈무드에서 취하고 있으며, 거기에서 생활의 규범을 구하고 있는 것은 사실이다. 그것은 유태인의 일부가 되고 있으며, 유태인이 탈무드를 지켜왔다고 하기보다도 탈무드가 유태인을 지켜왔다고 말할 수 있다.

본래 탈무드라고 하는 것은 「위대한 연구」, 「위대한 학문」, 「위대한 고전연구」라는 의미를 가지고 있다. 어느 권卷을 펼쳐 보아도 반드시 두 번째 페이지에서부터 시작하고 있다. 그것은 탈무드를 읽지 않았어도 당신은 이미 탈무드의 연구자라는 것을 의미하고 있다. 첫째 페이지에는 당신의 경험이 기록되지 않으면 안되는 것이다. 현명한 독자는 이미 눈치를 채고 있을지도 모르지만, 이 책도 역시 2페이지부터 시작하고 있다. 그것은 역시 원래의 탈무드와 마찬가지로 1페이지는 당신의 경험으로 메꾸어져 있다고 생각하기 때문이다. 유태인은 탈무드를 일컬어 「바다」라고도 부른다. 바다는 거대하고 온갖 것이 거기에 있다. 그리고 물 밑에 무엇이 있는지 정확히 알 수가 없기 때문이다.

그러나 탈무드가 그렇게 방대하다고 해서 미리부터 겁먹을 필요는 없다. 탈무드에 다음과 같은 이야기가 있다.

두 남자가 긴 여행으로 인해 몹시 허기져 있었다. 어떤 집에 들어가자 맛있는 과일이 바구니에 담겨 천장에 매달려 있었다. 한 남자는, "과일을 먹고 싶기는 한데 너무 높이 매달려 있어서 꺼내 먹을 수가 없구나."라고 말했다. 그러나 또 한사람은, "정말 먹음직스럽구나. 내 꼭 저걸 먹고야 말겠다. 확실히 높은 곳에 매달려 있기는 하지만, 거기에 매달려 있다는 것은 분명히 전에 누군가가 거기에 매달아 놓았다는 얘기가 된다. 우리라고 해서

저기에 손이 닿지 말란 법은 없다."

그렇게 생각하고, 사다리를 찾아내어 걸어놓고 한발 한발 딛고 올라가 과일을 꺼내왔다.

탈무드가 아무리 위대한 것이라 해도 우리와 똑같은 인간이 만든 것이므로 같은 인간인 우리가 그것을 자신의 것으로 못 만들 이유가 없다. 다만 한발한발 사다리를 밟아 올라가지 않으면 안된다는 얘기일 뿐이다.

그러나 독자 여러분을 격려하기 위하여 나는 이렇게 말하고 싶다.

여러분이 알고 있는 세계의 위인들을 한 방에 모아놓고, 방 한곳에 녹음기를 설치해 둔다. 그리고 이 위대한 인물들이 수백 시간에 걸쳐서 말한 내용을 녹음했다고 하자. 그것은 대단히 귀중한 것이다. 탈무드는 그것에 필적할 만큼의 매력을 갖고 있다. 그 한 페이지를 펼치는 것만으로도 위대한 인물들이 1천 년 동안 이야기해온 소리를 들을 수 있을 것이다. 이 책에서 나는 그 안내역을 맡으려 한다.

　어떤 사람이 본격적으로 유태인을 연구하기 위해 우선 「구약성서」를 바탕으로 여러 가지의 책을 공부해 나갔다. 그러나 그는 유태인이 아니었기 때문에 결국은 유태인에 대해서는 잘 이해할 수가 없었다. 그러는 동안에 그는 곧 유태인의 규범이 되어 있는 탈무드를 공부하지 않고서는 유태인을 이해할 수 없음을 깨닫게 되었다.

　그리하여, 어느 날 랍비를 찾아가서 조언을 구했다. 랍비란, 나중에 자세히 설명하겠지만, 유태교의 승려이다. 또한 랍비는 유태인에게 있어서는 승려이기도 하지만 때로는 교사이고, 때로는 재판관이며, 때로는 부모이기도 한 존재이다.

II

탈무드의 머리

∶

머리는 인간의 모든 행동의 총사령부다. 탈무드 속에 있는 일화나 격언을 읽는 것만으로는 아무런 의미가 없다. 머리를 써서 생각할 때에 비로소 탈무드의 가르침이 살아나게 되는 것이다. 나도 하나의 낱말을 가지고 반나절이고 한나절이고 곰곰이 생각하는 경우가 가끔 있다. 이 장에서는 내가 생각한 것을 조금 펼쳐 보이고자 한다. 현명한 독자들은 이 생각을 더욱 더 발전시켜 주기 바란다.

사랑

세상에는 열두 가지의 강한 것이 있다. 첫째는 돌이 강하다고 말한다. 그러나 돌은 쇠에 의해 깎이고 쇠는 불에 녹아 버린다.

불은 물에 의해 꺼지고 물은 구름 속으로 흡수되어 버린다. 구름은 바람이 불면 날려 간다. 그러나 바람은 인간을 날려 버리지는 못한다.

그 인간도 공포에 의해 비참하게 일그러진다. 공포는 술에 의해 제거된다. 술은 잠을 자면 깬다. 그 수면도 죽음만큼 강하지는 않다.

그러나 죽음조차도 사람을 이기지는 못하는 것이다.

죽음

짐을 가득 실은 두 척의 배가 항구에 떠 있었다. 하나는 출항하려 하고 있었고, 하나는 이제 막 입항하는 중이었다. 사람들은 대개 배가 떠나갈 때에는 성대하게 환송을 하는데, 돌아올 때에는 그다지 환영하지 않는다.

탈무드에 의하면 이것은 대단히 이상한 습관이다. 나가는 배의 미래는 알 수가 없다.

항해 중에 태풍을 만나 침몰할지도 모르는데 왜 성대하게 환송하는가? 배가 오랜 항해를 마치고 무사히 돌아왔을 때야말로 대단히 기뻐해야 할 것이다. 그것은 어려운 임무를 모두 마치고 돌아오는 것이기 때문이다. 인생도 그와 마찬가지로 아이가 태어났을 때에는 모두가 축복한다. 이것은 아이가 이제 막 인생이라고 하는 큰 바다에 출항하려고 하는 것이며, 앞으로 무슨 일이 일어날

지 알 수가 없다. 그 아이는 병으로 죽을지도 모르고, 흉악한 살인범이 될지도 모른다.

그러나 사람이 죽음의 문턱에 와 있을 때에는 그가 일생동안 이루어 놓은 업적이 모든 사람에게 알려져 있기 때문에, 이때가 바로 그를 축복할 만한 것이다.

'진리'라는 말

아이들에게 헤브라이어 알파벳을 가르칠 때에
는 하나하나의 알파벳에서 첫번째 문자와 맨끝 문자와
한 가운데의 문자를 사용하고 있다.

그것은 진리라고 하는 것은 유태인에게 있어서는 왼
쪽 것도 올바르고, 오른쪽 것도 올바르고 한가운데 것도
옳다는 것을 아이들에게 가르치고 있는 것이다.

죄

인간이라면 누구나 죄를 짓게 된다. 따라서 유태교의 가르침에는 동양의 도덕이나 규범에서와 같은 엄격한 교리는 없다.

유태인은 죄를 짓더라도 유태인이다. 유태의 죄에 대한 관념은, 화살을 과녁에 맞히는 능력이 있는데도 맞히지 못하는 것과 같이 본래는 죄를 저지를 리가 없는데 어쩌다 저지르고 말았다고 생각하는 정도이다.

유태인은 죄에 대해 용서를 빌 때에는 '나'라고 하지 않고 반드시 복수인 '우리'라고 한다. 자기 혼자서 지은 죄일지라도 반드시 여러 사람이 지었다는 식으로 생각한다. 유태인은 유태인끼리 하나의 커다란 가족이라고 생각하기 때문에 자기가 죄를 지었어도 모두가 죄를 지은 것이라고 생각한다. 설령 자기는 물건을 훔치지 않았

어도 누군가가 물건을 훔쳐 갔다면 하느님께 용서를 빌
어야 한다. 그 이유는 도둑질을 하는 것은 자기의 자선
이 부족했기 때문이라고 생각하기 때문이다.

손

인간은 태어날 때에는 손을 꼭 쥐고 있는데, 죽을 때에는 주먹을 펴고 죽는다. 왜 그럴까?

그것은 태어날 때에는 세상의 모든 것을 움켜쥐려고 하기 때문이며, 죽을 때에는 모든 것을 뒤에 남은 사람들에게 주고 빈손으로 돌아간다는 것을 의미한다.

스승

유태의 가정에서는 반드시 아버지가 아이들에게 탈무드를 가르친다, 아버지가 지나치게 엄하고 정이 없으면 아이들은 아버지를 무서워한 나머지 공부할 마음의 여유조차 잃어버리고 만다.

헤브라이어로 '아버지'는 '교사'라는 뜻도 가지고 있다. 가톨릭의 신부를 '파더'(아버지)라고 부르는 것도 헤브라이어에서 그 뜻을 따왔기 때문이다.

성스러운 것

이것은 영어나 다른 언어에는 없는 것으로서, 인간에게는 동물에서부터 천사에 이르는 폭이 있어 천사에 가까워짐에 따라 성스러워진다는 관념이다.

"성스러움이란 어떤 것인가?"

랍비가 학생에게 물었다.

대부분의 학생들은 그것은 하느님을 위하여 목숨을 바치는 것이라고 말했고, 어떤 학생은 늘 기도하는 것이라 하는 등 여러 가지 대답이 나왔다. 그러자 랍비는 이렇게 말했다.

"답은 여러분이 무엇을 먹는가와 성행위를 어떻게 하는가에 있다."

학생들은 웅성거렸다.

"돼지고기를 먹지 않는다든가, 어떤 때에는 야다(섹

스)를 하지 않는다든가 하는 것이 성스러움입니까?"

그 이유는 다음과 같다. 안식일을 지키는지 안 지키는 지는 다른 사람들이 알게 된다. 하느님을 위하여 목숨을 바치는 것도 남에게 알려진다.

그러나 여러분이 집에서 어떤 것을 먹는 지는 아무도 알 수가 없다. 남의 집을 방문하거나 나들이하여 식사를 할 때는 유태의 모든 계율을 지켜 식사를 하겠지만 집에 돌아와서는 남들이 보지 않으므로 계율에 어긋나는 식 사를 할 지도 모르기 때문이다. 성행위 역시 남이 보지 않는 데서 행해지는 것이기 때문이다.

그러므로 집에서 식사할 때와 성행위를 하고 있을 때 는 인간이 동물에서부터 천사에 이르는 사이의 어딘가 에 있게 된다. 이때 자신을 높일 수 있는 사람이야말로 진실로 성스러운 사람이 된다.

증오

유태인은 오랫동안 박해를 받고 학살을 당한 역사를 가지고 있음에도 불구하고 아직까지 증오에 대해 쓴 문학이나 문헌은 찾아볼 수가 없다. 그것은 유태인은 격한 증오심을 품지 않는 민족이기 때문이다. 나치에 의해 6백만 명이나 살해되었음에도 불구하고 독일을 반대하거나 독일인을 저주하는 책은 없다. 이스라엘인은 아랍인과 전쟁을 하지만 그들을 저주하지는 않는다. 기독교도에게 박해를 받지만, 역시 그들을 미워하지는 않는다. 셰익스피어의 「베니스의 상인」이라는 작품에서 샤일록이 "당신은 돈을 갚을 수 없다면 1파운드의 팔 심장을 도려내어 갚아라!"라는 이야기는 가공적인 이야기며 유태인들에게는 있을 수가 없는 일이다.

베드로가 바울에 관하여 이야기한 것은, 바울이 어떤

인물인가 하는 것보다도 베드로가 어떤 인물인가를 말해 주는 것이다. 이와 마찬가지로 셰익스피어는 기독교도이므로, 이것은 기독교도의 사고방식을 나타내는 것일 뿐 유태인과는 전혀 관계가 없다.

만약 유태인이 이와 같이 잔인하고, 욕심이 많고, 부정직하고, 증오심이 많았다면, 왜 가톨릭 협회가 자금을 필요로 했을 때 기독교도에게 가지 않고 유태인에게 왔을까? 그것은 유태인이 가장 동정심이 많고 가장 정직하고 가장 신뢰할 수 있는 사람들이기 때문이다. 유태인은 언제나 마음을 가지고 있다고 알려져 있다. 유태인에게 어려운 사정을 이야기하면 반드시 동정을 받을 것이다.

유태인은 돈을 빼앗기더라도 상대방을 처벌하려고 하지는 않는다. 유태인은 상대를 처벌하기보다는 돈을 돌려 받으려고 애쓴다.

그러므로 돈 대신에 자동차나 시계 따위를 저당 잡는 일은 있어도 아무 쓸모 없는 팔이나 심장은 결코 요구하지 않는다.

탈무드에는 인간은 모두 한 가족이며 전체의 한 부분이기 때문에, 예를 들어 오른손을 사용하면 어떤 일을 할 때 왼손을 잘랐다하여 왼손이 오른손을 자르는 것 같은 일을 해서는 안 된다고 씌어 있다.

탈무드 대의 유태인 사이에서는 고리대금이라는 것이 존재하지 않았다. 그 때는 농경사회였고, 또 대단히 가난한 사회였다. 그러므로 셰익스피어의 작품을 읽을 때에는 우선 기독교도가 유태인을 얼마나 미워하고 업신여기고 있었는지를 먼저 염두에 두어야 한다.

기독교도는 돈을 멸시하는 풍조가 있다. 특히 「신약성서」에는 예루살렘의 환전상을 유태인이 내쫓았다고 되어 있다. 그러나 우리가 만일 외국 공항에 도착했을 때 환전 은행이 없다면 다시 고국으로 돌아와야 할 것이다.

「신약성서」에서는 돈을 악으로 생각했지만 유태인은 돈을 나쁜 것이라고 생각하지 않았다.

돈을 빌려주는 사람은 돈을 빌어 가는 사람에게 갚을 것을 보증하게 한다. 그러나 탈무드에 의하면, 돈을 빌려 주고 담보를 정할 경우, 그 물건이 두 개 이상 있는 것이 아니면 담보로 할 수 없다고 되어 있다. 예를 들어 의복을 담보로 할 경우, 옷이 그것 밖에 없다면 가져올 수 없다. 단 그것이 집일 경우, 살고 있던 사람이 거리에서 지내게 되는 때에는 그 집을 담보로 할 수 없다.

하나뿐인 물건이라도 사치품인 경우는 그렇지 않다. 그러나 생계유지를 위한 것은 담보로 하지 않는다. 예를 들어 생계 유지를 위해 당나귀 하나를 가지고 있을 때 당나귀를 가져올 수 없다. 다만 그가 사용하지 않는 밤에는 가져올 수 있다. 옷을 가져온 경우, 아스라엘의 밤은 춥기 때문에 밤이 되면 되돌려 준다.

그러나 뺏긴 사람이 그것을 찾으러 가서는 안 되고, 뺏은 사람이 갖다 주어야 한다. 왜냐하면 그것은 인간의 존엄성을 해치는 일이기 때문이다.

담장

유태인은 결혼하지 않은 승려나 수도원의 존재를 믿지 않았다. 인간은 자연스럽게 사는 것이 가장 좋다고 믿었다. 탈무드에는 '1미터의 담장이 100미터의 담장보다 좋다' 는 말이 있다. 즉 1미터의 담장은 좀체로 무너지지 않지만 100미터의 담장은 쉽게 무너진다. 인간이 일생 동안 전혀 섹스를 하지 않는다는 것은 불가능한 일이며 100미터의 담장에 해당된다는 것이다. 아내를 갖지 못한 유태인은 기쁨이 없고, 하느님으로부터의 축복도 없고, 선행도 쌓지 못한다. 남자는 18세가 되면 결혼하는 것이 가장 좋다고 생각하는 것이다.

학자

딸을 학자에게 시집 보내기 위해서는 모든 것을 팔아도 좋고, 또한 학자의 딸을 데려오기 위해서는 모든 재산을 잃어도 좋다.

숫자

유태인에게 있어서 7이라는 숫자는 대단히 중요하다. 우선 1주일중 7일째는 안식일이 된다. 농사를 짓던 땅도 7년째가 되면 묵힌다.

그로부터 49년째는 대단히 경사스러운 해이다. 농사를 쉬게 할 뿐 아니라 꾸어준 돈도 모두 탕감해 준다.

유태인의 명절 중 두 개의 큰 축제일, 즉 유월절(유태민족이 이집트에서 탈출한 기념일)과 추수절은 각각 7일 동안 계속된다.

유태의 달력은 세계에서 가장 정확하기로 유명하다. 모두가 노예였던 이집트에서 탈출한 날을 유태 역사에서 가장 중요한 날이기 때문에 그것을 첫째달로 하여 그로부터 7개월 이후를 새해로 한다.

미국의 신년은 1월 1일이다. 그러나 미국에서 가장 중요한 '퍼스트 먼스'(첫째달)는 7월이다. 국가의 예산도 학교의 첫 학기도 모두 7월에 시작된다. 그것과 마찬가지로 유태인에게도 이집트를 탈출했을 때가 '퍼스트 먼스'가 된다.

유월절의 첫달, 그것에서부터 7개월째에 새해를 맞이하고 추수절을 지낸다.

먹을 수 없는 것

유태인은 고기를 먹을 때 피가 완전히 제거된 것이 아니면 먹지 않는다. 피는 생명이다. 피를 완전히 제거한 고기는 아주 유별나다.

동물을 때려서 죽이면 피가 엉겨붙으므로 유태인들은 이 방법은 절대로 사용하지 않는다. 또한 전기로 죽이는 방법도 피를 엉겨붙게 하므로 역시 이 방법도 쓰지 않는다.

유태인은 옛날부터 동물에게 고통을 주지 않고 피를 말끔히 제거하는 방법을 고안해 냈다. 우선 동물을 죽이고 나서 30분쯤 물에 담가놓고 거기에 소금을 뿌려 그 소금으로 피를 흡수하게 만든다. 그런 다음 피와 소금을 물로 씻어낸다.

닭이나 소를 잡는 사람은 랍비처럼 훈련을 받은 해부

학의 전문가들이다. 이들은 신앙심도 아주 깊으며 사람들에게서 존경을 받는다.

유태인은 이미 4천 년 전부터 해부학을 깊이 연구했으며, 탈무드에 랍비가 사람을 해부했다는 이야기까지 나올 정도니 아마 그 당시에 이미 해부에 대한 지식이 완성되었던 것 같다.

동물을 도살한 뒤에는 그 동물을 자세히 조사하는데 이것은 다른 어느 나라의 식육 검사보다도 엄격하다. 유태의 기준은 대단히 엄격해서 일반적으로 먹어도 상관없는 것을 랍비가 금지시키면 먹지 못한다. 이런 유태의 식육 검사는 천 년에 걸쳐 그 방법을 익혀왔기 때문에 그들 사이에서는 전혀 이상한 것이 아니다. 유태인들은 특별히 피를 기피하지 않는다.

제단에 양을 바칠 때에는 피를 부정한 것으로 생각지 않는다.

탈무드는 다른 나라 사람들은 먹고 있는 새우를 유태인들이 먹지 않는다고 하여 유태인이 더 건강하다는 식으로는 말하지 않는다.

그들이 새우를 먹지 않으므로 새우는 좋지 않은 것이라고 말할 수는 없는 것이다. 이것은 다른 어떤 이유가 있는 것이 아니라, 다만 하느님이 유태인에게 새우를 먹지 말라고 했기 때문인 것이다.

네 발 달린 동물 중에서 위가 두 개 이상 있고, 굽이 두 개로 나누어져 있는 것이 아니면 먹을 수 없다.

돼지는 위가 하나밖에 없으므로 먹을 수 없다. 말은 굽이 나누어져 있지 않으므로 먹을 수 없다.

물고기는 지느러미와 비늘이 없는 것을 먹을 수 없다. 또 육식을 하는 새도 먹을 수 없다. 그 예가 독수리와 매 등이다.

거짓말

어떤 경우에 거짓말하는 것이 허용될까? 탈무드에서는 다음 두 경우에는 거짓말을 해도 좋다고 말하고 있다. 그 하나는 어떤 사람이 이미 사 놓은 물건을 놓고 어떠냐고 의견을 물었을 때, 설령 그것이 말해주는 사람이 봤을 때 마음에 들지 않더라도 그것이 좋다고 거짓말을 할 수 있다.

두 번째가 친구가 결혼했을 때, "부인이 아주 미인이십니다. 행복하게 사십시오." 하고 거짓말을 할 수 있다.

착한 사람

세상에는 꼭 필요한 것이 네 가지 있다. 그것은 금, 은, 철, 구리이다. 그런데 이것들은 대용품을 찾을 수 있다.

그러나 대신 할 수 있는 물건을 전혀 구할 수 없으나 반드시 필요한 것이 있다. 그것은 바로 '착한 사람'이다.

탈무드에 의하면, '착한 사람'은 큰 야자나무와 같이 무성하고 큰 레바논 삼나무와 같이 아주 먼 곳에서도 보일 정도로 키가 크다고 말하고 있다.

두 개의 머리

탈무드에는 올바른 사고 방법을 훈련시키기 위해 비현실적인 어떤 원리가 될 만한 이야기가 많이 실려있다.

그 한 예로, 비현실적이지만 "만약 두 개의 머리를 가진 아기가 태어난다면 이 아기를 한 사람으로 생각할 것인가, 두 사람으로 생각할 것인가?" 이 질문은 얼핏보아 어리석은 말 같지만 인간은 머리가 둘이라도 몸이 하나면 한 사람이라든지, 하나의 머리는 한 사람으로 계산해야 한다든지 하는 원칙을 세우는 데에는 매우 도움이 되는 예이다.

유태교에서는 아이가 태어나면 1개월째 되는 날 교회에 데리고 가서 축복을 받게 한다. 그때 머리가 둘이면 두 번 축복을 받아야 할 것인가, 아니면 한 사람으로 쳐서 한 번만 받아야 할 것인가? 또 기도할 때에는 작은 그릇을 머리에 얹는데, 하나만 얹어야 옳은가, 두 개를 얹어야 옳은가? 당신은 이 문제에 대해 어떤 답을 내리겠는가? 나는 유태인이란 어떤 민족인가에 관한 이야기할 때 여러 이야기를 자주 인용한다. 즉 이스라엘이나 러시아에 있는 유태인이 박해를 받았다는 이야기를 듣고 자신이 그 고통을 느끼며 슬픔을 느끼면 그 사람은 유태인이고, 그렇지 않으면 유태인이 아니다.

이와 같이 응용 범위가 넓은 이야기가 탈무드에 많이 있다. 왜 랍비들은 설교할 때 이런 식의 이야기를 많이 할까?

설교는 잊어버리기 쉬우나 이런 이야기는 오랫동안 기억에 남아 있기 때문이다.

간음

탈무드 시대에는 아내가 다른 남자와 성관계를 가지는 경우 그것은 물론 남편에 대한 죄이며, 남편은 자기 아내나 그녀와 관계를 가진 남자에게 어떠한 조치를 취해도 좋다고 되어 있다. 남편은 그들을 벌줄 수도 용서할 수도 있다. 그러나 그것은 다른 민족의 경우일 뿐 유태인에게 있어서는 그것은 하느님에 대한 모독이며 따라서 남편은 죄를 용서할 권리도 벌할 권리도 없었다. 왜냐하면 이것은 인간에 대한 죄가 아니라 우주를 다스리고 있는 하느님 율법에 대한 죄라고 생각했던 것이다.

자백

유태의 법에는 자기에게 불리한 것을 증언하면 무효가 된다. 따라서 자백은 인정되지 않는다. 오랜 경험을 통하여 자백은 고문에 의해 얻어지는 경우가 많음을 알고 있기 때문이다. 이스라엘에서는 지금도 자백은 인정하지 않는다.

성性

성행위는 올바르고 깨끗하게 행해지면 즐거움이 된다. 성행위가 추악한 것이라고 말해서는 안된다.

'모든 교사는 아내가 있어야 하며 모든 랍비는 결혼하지 않으면 안된다' 는 말이 탈무드에 있는데, 이것은 결혼하지 않은 사람은 인간이 아니라고 하는 관념이 있기 때문이다.

탈무드에서는 성性을 생명의 강이라고 부르고 있다. 강은 거칠어지면 홍수를 일으켜 모든 것을 파괴하지만, 때로는 쾌적하게 모든 것을 열매 맺게 하며 세상에 도움이 되는 일을 하기도 한다.

남자는 시각을 통해 성적 흥분을 얻고, 여자는 피부접촉을 통해 흥분을 일으킨다.

탈무드는 남자에게는 '여자와 몸이 닿게 될 때를 조심하라'고 말하고, 여자에게는 '옷을 입는 데 주의하라'고 가르치고 있다.

계율이 엄격한 유태인 사회에서는 상인이 거스름돈을 건네줄 때도 여자에게는 손을 직접 주지 않고 반드시 어디에 담아주어 여자로 하여금 집어가게 한다.

또 계율을 중히 여기는 이스라엘 여자들은 미니 스커트 따위는 절대로 입지 않는다. 언제나 긴 소매, 긴 스커트를 입고 있다.

랍비는 남성이 절정에 이르는 것과 여성이 절정에 이르는 것 사이에 시간적인 차이가 있음을 알고 있다. 여성이 흥분되기 전이라도 남성은 절정에 달할 수가 있다.

아내의 동의없이 아내와 관계하는 것은 강간과 같으므로 남편이 아내와 성관계를 갖기 위해서는 매번 설득할 필요가 있다. 황홀한 이야기를 해준다든가 부드럽게 어루만져 주는 시간을 충분히 갖지 않으면 안된다.

아내가 월경중일 때는 아내와 관계해서는 안된다. 월경 후에도 7일 동안은 금지되어 있다. 부부라고 해도 십이삼 일 동안은 절대로 관계할 수 없으므로, 그동안에 남편은 아내에 대한 그리움이 깊어져 금지일이 끝나는 날 부부는 언제나 밀월을 다시 즐길 수 있다.

결혼한 여자는 다른 남자와 절대로 잠자리를 같이 할 수 없다. 그러나 남자는 다른 여자와 함께 자도 용서된다.

탈무드 시대에는 아내를 둘 이상 둘 수 있었음에도 불구하고 1부 1처제가 이미 확립되어 있었기 때문에 아무도 한 사람 이상의 아내를 가지지 않았다. 아내 이외의 여자를 갖는 것은 성실성의 부족이라는 관념이 생긴 것이다.

그러나 탈무드 속에는 매춘부와 관계하는 이야기가 몇 군데 나온다. 자위행위보다는 매춘부에게 가는 것이 낫다. 아내가 계속 거절하는 경우에 결혼한 남자가 그러한 곳에 가는 것은 부득이한 것으로 생각되고 있다.

그러나 다른 나라의 화류계 여자와는 달리 유태의 매춘부는 돈을 벌기 위하여 몸을 파는 천한 여자로 간주된다. 유태 사회에서는 학문과 계율과 종교를 존중하기 때문에 매춘부가 번성할 기회는 그만큼 없었다.

그 당시부터 이미 랍비는 피임법에 정통하고 있었다. 누가 어떤 피임법을 사용하는 것이 좋은가 하는 것은 모두 랍비가 지도하고 있었다. 그러나 피임은 여자만이 행했던 것이다.

탈무드에는 피임을 해도 좋은 경우가 세 가지 있다. 그 것은 임신중인 여성, 아기를 기르고 있는 여성, 소녀인 경우다.

임산부에게 피임술을 허락하고 있는 것은, 당시의 랍비의 지식으로는 임신하고 있는 사이에도 또 임신이 될 수 있다고 생각했기 때문이다. 아기를 기르고 있는 어머니는 아기가 4살이 되기까지는 이미 태어난 아기를 돌보는 것이 당연하다고 생각하여 4년 동안은 다음 아기를 낳지 말라고 장려했다. 소녀의 경우는 약혼을 했든 결혼을 했든간에 어리기 때문에 몸에 좋지 않을 것이라고 생각했기 때문이다.

  기근이 든 때라든가, 민족적인 위기에 처한 때라든가, 유행병이 돌 때도 여자가 피임하는 것을 장려하였다.

계약

주인과 종업원이 있었다. 종업원은 주인을 위해 일해 주고 일주일마다 임금을 받기로 하였다. 그런데 임금은 현금이 아니라, 가까운 슈퍼마켓에서 그 액수만큼 물건을 사고 슈퍼마켓의 주인이 종업원의 주인에게서 그 현금으로 물건값을 받기로 계약이 되어 있었다.

일주일이 지났다. 종업원이 화난 얼굴로 주인에게 와서, "슈퍼마켓의 주인이 현금을 갖고 오지 않으면 물건을 주지 않겠다고 합니다. 현금으로 주십시오!" 하고 말했다. 그리고 또한 슈퍼마켓의 주인이 나타나서 "당신 종업원이 이만큼의 물건을 가지고 갔습니다. 물건값을 지불해 주십시오." 라고 말했다. 이런 경우에 주인은 어떻게 해야 할까?

먼저 사실을 확인하기 위해 충분히 조사해 보았으나

종업원도 슈퍼마켓의 주인도 사실을 증명할 것이 아무 것도 없었다. 탈무드에서도 이것을 어떻게 해야 좋을지 알 수가 없었다. 두 사람에게 선서를 시켰음에도 불구하고 자기들의 주장을 계속했기 때문에, 결국 주인에게 물건값과 임금을 지불하라고 명령했다.

이유는, 종업원은 슈퍼마켓의 청구와는 직접 관계가 없고, 또 슈퍼마켓도 종업원과는 직접 관계가 없다. 그러나 주인은 양쪽 모두 관계가 있고, 그러한 관계가 있는 이상 책임을 져야 하므로 양쪽에 이중 지불하라고 할 수 있는 것이다.

이것은 탈무드 가운데서 가장 오랫동안 논란이 되어 왔던 항목인데, 이 의견이 가장 올바르다. 어느 한쪽에서 거짓말을 했을지도 모르지만 그들이 선서를 한 이상, 양쪽에서 계약을 한 주인으로서는 어쩔 도리가 없다. 이것은 계약을 맺는 일은 분명히 해야 한다는 교훈을 가르치고 있는 것이다.

철학과 지혜의 그릇_탈무드

소유권

소유권에 대하여 이야기해 보자. 만약 동물을 가지고 있다면 낙인을 찍음으로써 그 소유권을 증명할 수 있다. 시계에는 이름을 새겨 넣을 수가 있다. 양복에는 바느질로 표시를 해둘 수 있다. 자동차나 집과 같이 큰 물건은 해당 관청에 등기해 두면 된다.

그러나 물건에 따라서는 이름을 쓰거나 등기하기가 어려운 것이 있다. 그런 경우에는 어떻게 소유권을 증명하는 것이 좋을까?

먼저 여러 가지 사례를 검토하여 그것을 근거로 원칙을 세우는 것이 탈무드의 방식이다. 이러한 경우 1원에서 수천억 원에 이르기까지 다양하므로 원칙을 세우지 않으면 판단하기가 곤란하기 때문이다.

두 사람이 극장에 가서 서로 다른 문으로 들어가 마침

한가운데 좌석 두 개가 비어 있어서 앉으려 했다. 그때 소유권을 확립하기 어려운 물건이 그 자리에 놓여 있었다. 두 사람은 동시에 그것을 발견하곤 서로 그것이 자기 것이라고 주장했다. 이럴 경우, 어떻게 해결해야 좋은가.

이것에 대해서는 탈무드에도 여러 견해가 있다. 첫째로 그 물건을 둘로 나누어 가지면 된다는 의견이 있으나 이것은 원칙으로 삼을 수 없다. 왜냐하면 재판소에 가서 나누어 가지기로 한다면 뒤어 앉아 있던 사람들도 끼어들지 모르며, 모든 사람들이 자기 것이라고 말할지도 모르기 때문이다. 발견한 사람에게 권리가 있다는 것을 전제로 한다면 발견하지 못했으면서도 나중에 한몫 끼려고 하는 자들에게도 권리를 인정하는 것이 되어 곤란하다.

탈무드는 여기서 성서에 손을 얹고 선서하거나 양심에 비추어서 자기 것이라고 생각한다면 나누어 가지라고 말하지만 이 견해는 누구라도 반박할 수 있다. 그래서 선서도 아무 쓸모가 없는 것이 아니냐는 것이다. 말하자면 자기 것이라고 선서했는데도 절반밖에 주지 않는 것은 선서를 모독하는 것이라는 것이다.

그러면 절반만 자기 것이라는 식으로 선서를 하게 된다고 주장하기도 하지만 그러한 경우 A는 100퍼센트, B는 50퍼센트를 주장하여 재판할 경우, A는 50퍼센트, B는 50퍼센트의 50퍼센트, 즉 25퍼센트만 인정되는 결과가 된다.

그런데 주운 것이 동전이 아니고 고양이라면 어떻게 될까? 이것은 반으로 나눌 수가 없다. 이때에는 고양이를 팔아 돈을 나누어 갖든가, 한 사람이 고양이를 갖고 고양이 값의 반을 상대방에게 주면 된다.

단, 고양이 같은 경우는 주인이 나타나기를 일정기간 기다려야 하는 등 여러 가지 절차가 필요하기도 하나, 천 원짜리 지폐 등은 처음부터 임자가 찾으러 오지 않을 것으로 간주하고 취급한다.

돈을 길에 떨어뜨리고 누군가 이미 주워간 다음에 와서 '나는 여기를 지나다가 만 원을 떨어뜨렸다'고 말해

보아도 그 사람이 실제로 떨어뜨렸는지 증명할 방법이 없다. 돈에 자기의 이름을 써놓는다 하더라도 주운 사람이 그것을 지워버리면 어쩔 도리가 없다. 그러나 아주 특별한 편지 등과 함께 있어서 그것이 자기의 것임이 증명될 때는 예외이다.

극장에서 주운 돈의 경우는 결국 먼저 돈에 손을 댄 사람의 권리라고 말할 수 있다. 단순히 보았다고 하는 것은 증명할 수 없지만, 손을 댔다는 것은 입증하기 쉬우므로 그것이 하나의 원칙이 되고 있다.

두 개의 세계

두 사람에게서 돈을 빌린 랍비가 말했다.

"나는 랍비이고 사람들은 나를 신뢰합니다. 나는 한 사람에게서는 1천 원을 빌렸고 또 한 사람에게서는 2천 원을 빌렸습니다. 어느 날 두 사람이 와서 모두 2천 원씩 돌려 달라고 했습니다. 그런데 나는 누구에게 2천 원을 빌렸는지 도무지 기억이 나지 않습니다. 어떻게 하면 좋겠습니까?"

탈무드에는 이 경우 두 가지의 의견이 적혀 있다. 다수 의견은 '1천 원씩 빌린 것은 틀림없다. 그 중 누구에게서 1천 원을 더 빌렸는데 그것이 누군지 알 수 없다. 그러므로 우선 1천 원씩만 돌려 주고 나머지 1천 원은 재판소에 맡겨 두었다가 나중에 증거가 나오면 돌려 준다'는 것이다. 그러나 그 랍비는 이렇게 말했다.

"곰곰이 생각해 보니 그들 중 한 사람은 도둑입니다. 1

천 원밖에 빌려 주지 않고서도 1천 원을 더 빼앗아 가려 하고 있습니다. 1천 원씩 나누어 준다면 도둑은 잃을 것이 하나도 없습니다. 이것은 사회 정의에 어긋나는 일입니다. 도둑이나 악인이 이득을 보고 처벌받지 않고 그대로 지내는 일이 없게 하는 것이 사회의 정의입니다. 그러므로 두 사람에게 한 푼도 돌려 주지 않는 것이 좋을 것입니다. 재판소는 전액을 몰수해야 합니다."

그러나 두 사람 모두에게 돈을 몰수하면 도둑은 원래의 1천 원마저도 잃어버릴 것을 염려하여 집에 가서 장부책을 가지고 와서 내가 1천 원을 요구할 가능성이 있다.

앞의 극장의 예에서도 똑같은 원칙이 적용될 수 있다고 생각한다. 한 사람은 거짓말을 하고 있음에 틀림없다. 그럼에도 불구하고 반을 얻을 수 있다는 것은 사회 정의에 어긋나는 일이다. 따라서 재판소는 충분한 증거가 나올 때까지 그것을 압수하고 있어야 한다.

그러나 극장의 예에서는 실제로 두 사람이 동시에 발견할 수도 있으므로 선서가 가능하다. 그러나 1천 원과

2천 원의 예에서는 어느 한 사람이 거짓말을 하고 있는 것이 틀림없으므로 선서를 지킬 수 없다.

거짓 선서를 해서는 안 된다는 것은 하느님이 내리신 십계명 중 한 계명이며, 거짓 선서를 하는 경우에는 채찍으로 39번을 맞는다. 선서를 하고도 거짓말을 하는 것은 큰 수치가 된다. 그런데 탈무드에서는 두 사람이 모두 자기가 발견했으므로 모두 자기 것이라고 주장을 선서한 후에도 굽히지 않으므로 어쩔 도리가 없다고 되어 있다.

탈무드가 비록 페이지 수가 많은 책이라 하더라도, 한정된 페이지 속에서 아주 긴 역사를 다루어야 하기 때문에 한 문제에 많은 페이지를 할애할 수가 없음에도 불구하고 이 논쟁에 대해서는 반복된 부분이 아주 많다. 이것은 탈무드에 있어서 매우 진기한 예이다.

그러나 잘 생각해 보면 이것은 결코 양립할 수 없는 것을 반복하는 것이다. 그것은 두 개의 세계가 있다는 것을 가르치기 위한 의도라고 생각된다.

III

탈무드의 눈

:::

눈은 얼굴 중에서 가장 작은 부분이면서도 입에 못지 않게 말을 하며, 실로 격언이나 속담이 가지고 있는 매력을 그대로 갖추고 있다. 탈무드는 그 무한한 보고(寶庫)이기도 하다. 그것은 오래도록 계속 이야기되어 온 유태인의 지혜가 응집된 것이라고도 말할 수 있으리라. 이 장에서는 이러한 것들 가운데 아주 일부만을 인용해 보았다. 당신의 사색이 보다 심원하고, 보다 고매해지기 위한 자양분이 될 것이다.

인간

인간은 심장 가까이에 유방을 가지고 있다. 그러나 동물은 심장에서부터 좀 떨어진 곳에 유방이 달려 있다. 이것은 하느님이 동물과 인간의 차이점을 깊이 생각한 결과이다.

자신을 반성할 줄 아는 자가 서 있는 땅은 가장 훌륭한 랍비가 서 있는 땅보다도 소중하다.

세계는 진리, 도덕, 평화라는 세 단어의 토대 위에 서 있다.

휴일이 인간을 위해 있는 것이지 인간이 휴일을 위해 있는 것은 아니다.

백성의 소리는 곧 하나님의 소리이다.

철학과 지혜의 그릇-탈무드

하느님은 이렇게 말씀하셨다.

"나에게는 네 명의 아이가 있다. 너희에게도 네 명의 아이가 있다. 너희의 네 아이는 아들, 딸, 하인과 하녀이고, 나의 네 아이는 과부, 고아, 나그네, 승려이다. 내가 너희의 아이를 돌보아 주고 있으니 너희는 나의 아이를 보살펴 주어야 한다."

인간은 다른 사람의 피부에 난 종기는 금방 알아내도 자기의 중병은 깨닫지 못한다.

거짓말쟁이가 받은 가장 무서운 벌은, 그가 진실을 말할 때에도 사람들이 믿어주지 않는 것이다.

인간은 20년 동안에 깨달은 것을 2년 동안에 잊어버릴 수도 있다.

사람은 세 개의 이름을 갖고 있다. 태어날 때 부모가

붙여 준 이름, 친구들이 우애의 정으로서 부르는 이름,
그리고 그의 생애가 끝났을 때 얻는 명성이 그것이다.

인생

환경에 따라 명예가 높아지는 것이 아니라, 인간이 환경에 따라서 명예를 높이는 것이다.

인류의 조상은 단 한 사람이다. 그러므로 어떤 인간도 다른 인간보다 뛰어난 존재로 있을 수는 없다. 만약 당신이 한 사람을 죽인다면, 그것은 모든 인류를 죽인 것과 같다. 그리고 당신이 한 사람의 생명을 구하면, 그것은 전인류의 생명을 구한 것과 같다.

왜냐하면 세계는 한 사람의 인간에 의해 시작되었으며, 그 최초의 인간을 죽였다면 인류는 오늘날 존재하지 않았을것이기 때문이다.

영리한 사람과 어진 사람의 차이 – 영리한 사람이란 어진 사람이 결코 빠지지 않을 곤란한 상황에서 요령 있게 빠져 나오는 사람이다.

어떤 사람은 젊은데도 늙었고, 또 어떤 사람은 늙었는데도 젊다.

자신의 결점을 알고 있는 사람에게는 남의 결점이 보이지 않는다.

음식을 가지고 장난하는 자는 배부른 사람이다.

몰염치와 자기 자랑은 형제 사이이다.

하루를 공부하지 않으면 그것을 만회하기 위해서는 이틀이 걸리고, 이틀을 공부하지 않으면 그것을 만회하기 위해서는 나흘이 걸리며 1년을 공부하지 않으면 그것을 만회하기 위해서는 2년이 걸린다.

좀 모자라는 사람들은, 남의 수입에는 신경 쓰고 자기가 낭비하는 것은 걱정하지 않는다.

눈이 보이지 않는 것보다도 마음이 보이지 않는 것이 더 불행하다.

자기가 만나는 모든 사람에게 무엇인가 하나라도 배울 수 있는 사람이 가장 현명한 사람이다.

강한 사람 – 그것은 자신을 이겨낼 수 있는 사람이다.

강한 사람 – 적을 친구로 만들 수 있는 사람이다.
부자란 자신이 가지고 있는 것에 만족할 줄 아는 사람이다.

남을 칭찬할 줄 아는 사람이야말로 가장 칭찬받을 만한 사람이다.
진리는 무거운 것이다. 그러므로 젊은이들만이 그것을 운반할 수 있다.

평가

유태인이 사람을 평가하는 세 가지 기준이 있다.

첫째, 지갑을 넣는 포켓.

둘째, 술을 마시는 유리잔.

셋째, 화를 내는 것.

(돈을 어떻게 사용하는가, 술을 마시는 방법은 깨끗한가 더러운가, 또 인내심은 강한가 약한가?)

인간의 유형은 네 가지로 나눌 수 있다.

1. 내 것은 내 것이고, 네 것은 네 것이라고 하는 인간
   (일반적인 인간형).

2. 내 것은 네 것이고, 네 것은 내 것이라고 하는 인간
   (색다른 인간형).

3. 내 것은 네 것이고, 네 것도 네 것이라고 하는 인간
   (정의감이 강한 인간형).
4. 내 것은 내 것이고, 네 것도 내 것이라고 하는 인간
   (사악한 인간형).

현자賢者의 앞에 앉은 인간은 셋으로 분류된다.
스폰지형 : 무엇이나 흡수한다.
터널형 : 오른쪽 귀로 듣고 왼쪽 귀로 흘려 버린다.
체형 : 중요한 것과 그렇지 않은 것을 선별한다.

현자가 되는 일곱 가지 조건
1. 자기보다 현명한 사람이 있을 때는 침묵한다.
2. 남이 이야기할 때 가로막지 않는다.
3. 대답할 때 서두르지 않는다.
4. 언제나 핵심을 질문하고 간략하게 대답한다.
5. 먼저 해야 할 일부터 손을 대고 뒤로 돌려도 될 일
   은 최후에 한다.

6. 자기가 알지 못할 때는 그것을 인정한다.

7. 진실을 받아들인다.

인간은 세 친구를 가지고 있다. 자식과 재산, 그리고 선행.

우정

만약 친구가 채소를 가지고 있다면 고기를 가져다 주어라.

당신의 친구가 당신에게 꿀처럼 달다고 하더라도 전부 빨아먹는것은 좋지 않다.

여자

어떤 남자도 여자의 아름다움에는 비길 수가 없다.

여자의 질투심이란 단 한 가지 원인뿐이다.

여자는 자기의 외모를 가장 소중히 여긴다.

여자는 남자보다 눈치가 빠르다.

여자는 남자보다 정이 많다.

여자는 미신에 빠지기 쉽다.

불순한 동기에서 생겨난 애정은 그 동기가 사라지고
나면 끝나버린다.

사랑에 빠진 자는 남의 충고를 들으려 하지 않는다.

여자가 술을 한 잔 마시는 것은 대단히 좋은 일이다. 그러나 두 잔 마시면 품위를 잃고 세 잔째는 부도덕해지고, 네 잔째는 스스로 허물어진다.

정열 때문에 결혼을 하더라도, 정열은 결혼보다 오래 계속되지 않는다.

하느님이 최초에 만든 인간은 남녀 양성을 가지고 있었다. 그래서 남자의 몸에도 여성 호르몬이 있고, 여자의 몸에도 남성 호르몬이 있는 것이다.

남자가 여자에게 마음이 끌리는 것은, 남자의 갈비뼈로 여자를 만들었으므로 남자들이 잃어버린 자신의 일부를 찾으려고 하기 때문이다.

하느님이 최초의 여자를 남자의 머리로 만들지 않은

것은 여자가 남자를 지배하지 못하게 하기 위해서다. 또한 여자를 남자의 발로 만들지 않은 것은 남자의 노예가 되어서도 안되기 때문이다. 여자를 남자의 갈비뼈로 만든 것은 여자가 남자의 곁에 있을 수 있게 하기 위해서이다.

술

술이 머리에 들어가면 비밀이 새어나온다.

술을 권하는 사람의 매너가 좋으면 어떤 술도 맛이 있다.

악마가 바빠서 방문하지 못할 때에는 자기 대신 술을 보낸다.

포도주는 오래 되면 될수록 맛이 좋아진다. 지혜도 똑같다. 해를 거듭할수록 지혜는 무르익어 간다.

아침 늦게까지 늦잠을 자고, 낮에는 술을 마시고, 저녁에는 쓸데없는 이야기나 하는 사람은 인생을 헛되이 보내는 것이다.

　포도주는 금이나 은그릇에서는 잘 숙성되지 않으나,
지혜로 만든 그릇에서는 아주 잘 숙성된다.

가정

부부가 진실로 서로 사랑하고 있을 때에는 칼날과 같이 좁은 침대에서도 잠 잘 수 있지만, 애정이 없는 사이라면 16미터짜리 침대도 좁다.

세상에서 가장 행복한 사람은 착한 아내를 맞이한 남자이다.

남자는 결혼하면 죄가 늘어난다.

아내를 이유없이 학대하지 말라. 하느님은 그녀의 눈물방울을 세고 있다.

세상에서 다른 무엇과도 바꿀 수 없는 것 – 그것은 젊을 때 결혼하여 일생을 함께 살아온 늙은 아내이다.

남자의 집은 아내이다.

아내를 고를 때에는 겁쟁이가 되어라.

여자를 만나 보지 않고 결혼해서는 안 된다.

자식들을 기를 때에는 차별해서는 안 된다.

자식은 어릴 때에는 엄하게 꾸짖고, 자란 뒤에는 꾸짖
지 말라.
아이들이 어렸을 때에는 엄하게 가르쳐야 하나 아이
들이 무서워하게 만들어서는 안 된다.
아이들을 꾸짖을 때에는 엄하게 한 번만 야단쳐야지
언제까지나 계속 중얼중얼 나무라서는 안 된다.
가정에서 부도덕한 행동을 하는 것은 과일에 벌레가

생긴 것과 같다. 그 과일은 모르는 사이에 점점 썩어 들어간다.

　자식들은 아버지를 존경해야 한다.

　자식이 아버지의 자리에 앉아서는 안 된다.

　자식은 아버지에게 말대꾸를 해서는 안 된다.

　아버지가 다른 사람과 싸우고 있을 때 다른 사람을 편들어서는 안 된다.
　아버지를 공경하고 아버지에게 순종하는 것은 아버지가 자식을 위해 먹을 것을 마련하고 의복을 장만해 주기 때문이다.

돈

사람을 상하게 하는 것은 세 가지 있다. 근성, 말
다툼, 빈 지갑. 그중에서 빈 지갑이 가장 해친다.

육체의 모든 부분은 마음에 의지하고 있다. 마음은 돈
지갑에 의지하고 있다.

돈은 물건을 사고 파는데 사용되어야지 술을 위해서
사용되어서는 안 된다.

돈은 바쁜 것도, 저주받을 것도 아니다. 돈은 사람을
축복해 주는 물건이다.

돈은 우리들에게 하느님께 보내는 선물을 살 기회를
준다.

돈을 빌려 준 사람에 대해서는 누구나 참을성이 많아
진다.

부富는 요새이며, 빈곤은 폐허이다.

돈이나 물건을 '주는 것'보다는 '빌려 주는 것'이 좋다.
주게 되면 받은 자는 준 자의 아래에 있게 되지만, 빌려
주면 대등하게 된다.

섹스

히브리어 야다(Yada)는 '섹스'를 의미한다. 야다는 또 '상대방을 안다'는 뜻도 포함하고 있다.

예를 들면 성서에서 아담은 이브를 '알고서' 아들을 낳았다고 되어 있는데, '안다'는 '성 관계를 갖는다'는 뜻도 겸하고 있다.

'사랑한다는 것은 서로 아는 것이다'라고 흔히 말하는데, 사랑한다는 것은 동침의 뜻이라고 해석할 수 있다.

야다는 창조 행위이다. 이것 없이는 자기 완성을 이룰 수 없다.

섹스는 일생 동안 한 사람에 대해서만 행해져야 한다.

성은 자연의 일부이다. 그러므로 성행위를 하는 데 있

어서 부자연한 것이라고는 있을 수 없다.

섹스는 가장 친근한 행위이며, 따라서 아주 친밀한 분위기 속에서 행해져야 한다.

자기 자신을 컨트롤할 수 없는 상황에서 성행위를 해서는 안 된다.

아내의 동의없이 아내와의 성관계를 요구해서는 안된다. 섹스는 본질적으로 일방적인 것이 아니기 때문이다.

교육

향수 가게에 들어갔다. 향수를 사지 않고 나와도
몸에서 향수 냄새가 난다.

가죽 가게에 들어갔다. 가죽을 사지 않고 나와도 나쁜
냄새가 난다.

칼을 가지고 성공한 자는 책을 가지고 성공하지 못한
다. 책을 가지고 성공한 자는 칼을 가지고 성공하지 못
한다.

자기를 아는 것이 최고의 지혜이다.

의사의 충고를 따르면 의사에게 돈을 낼 필요가 없어

진다.

비싼 진주가 없어지면 그것을 찾기 위해 값싼 양초를
사용한다.

가난한 사람의 지식은 칭송받게 될 것이다. 인류에게
뛰어난 지혜를 가져다 주는 것은 그들이다.

기억을 증진시키는 가장 좋은 약은 감탄하는 일이다.

학교가 없는 마을에는 사람이 살 수 없다.

고양이에게서는 겸손함을 배울 수 있다. 개미에게서
는 정직함을 배울 수 있다. 비둘기에게는 정절을 배울
수 있고, 수탉에게서는 재산의 관리를 배울 수 있다.

이름은 알려지면 곧 잊혀진다.

지식은 얕으면 곧 잃게 된다.

아이들을 가르친다는 것은 어떤 것일까? 그것은 백지
에 글을 쓰는 것과 같다.

노인을 가르친다는 것은 어떤 것일까? 그것은 이미 빽
빽하게 적혀 있는 종이의 여백에 글씨를 써넣는 것과 같
은 것이다.

악惡

악에 대한 충동은 구리와 같은 것이어서, 불 속에 있을 때에는 어떤 모양으로도 될 수 있다.

만약 인간에게 악에 대한 충동이 없다면 집도 짓지 않고, 아내를 얻지도 않고, 자식을 낳지도 않을 것이다.

만약 당신이 악에 대한 충동을 받게 되면 그것을 물리치기 위해 무엇인가를 배우기 시작하라.

모든 면에서 다른 사람보다 뛰어난 사람은 악에 대한 충동도 그 만큼 강하다.

세상에는 올바른 일만 하는 사람은 있을 수 없다. 반

드시 무엇인가 나쁜 일도 하고 있다.

악에 대한 충동은 처음에는 대단히 달콤하다. 그러나
끝났을 때는 몹시 쓰다.

열세 살부터 인간 속에 잠재되어 있는 악에 대한 충동
은 점점 선에 대한 충동보다도 강해져 간다.

죄는 태아에서부터 인간의 마음속에서 싹터 인간이
자람에 따라 강해져 간다.

죄는 미워하되 사람을 미워하지 말라.

죄는 처음에는 여자와 같이 약하나, 그대로 방치해 두
면 남자와 같이 강해진다.

죄는 처음에는 거미줄과 같이 가늘지만 나중에는 배

를 매어 두는 밧줄과 같이 강해진다.

　죄는 처음에는 손님이다. 그러나 그대로 두면 손님이
그 집의 주인이 되어 버리고 만다.

중상中傷

남을 헐뜯는 것은 살인보다도 위험하다. 살인은 한 사람만 죽지만, 헐뜯는 것은 반드시 세 사람을 죽인다. 헐뜯는 사람 자신, 그것을 그냥 듣고 있는 사람, 그 헐뜯는 대상이 된 사람이 그들이다.

남을 헐뜯는 자는 칼을 들고 사람을 헤치는 것보다도 더 죄가 크다. 칼은 칼이 옆에 있지 않으면 상대방을 해칠 수 없는데, 남을 헐 뜯는 것은 멀리 떨어져 있는 사람도 해칠 수 있다. 불타고 있는 장작에 물을 끼얹으면 숯까지 차갑게 꺼지지만, 자기를 헐뜯는 소리에 화가 난 사람은 상대방이 사과를 해도 마음 속의 불을 끌 수가 없다.

아무리 착한 사람이더라도 입이 험한 사람은 훌륭한

궁전 근처에 있는 악취 나는 가죽가게와 같다.

인간은 입이 하나, 귀가 둘 있다. 이것은 말하는 것보다 듣는 것을 더 많이 하라는 뜻이다.

손가락이 자유로이 움직이는 것은 남을 시기하는 소리를 듣지 않기 위한 것이다. 남을 헐뜯는 소리가 들려오면 급히 귀를 막으라.

물고기는 언제나 입 때문에 미끼에 걸린다. 인간도 역시 입 때문에 망한다.

판사

판사의 자격은 겸허하고, 언제나 선행을 생각하며 확고한 결정을 내릴 만한 용기가 있고, 이제까지의 인생을 깨끗이 살았어야 한다.

사형수에게 사형을 언도하려고 하는 판사는 누가 자기의 등 뒤에서 칼을 들이대고 있는 것 같은 심경으로 임해야 한다.

판사는 반드시 진실과 평화를 추구해야 한다. 그러나 진실만을 추구하다보면 평화가 깨질 수도 있다. 그러므로 진실을 버리지 않으면서 평화도 지키는 길을 모색해야 한다. 그것이 바로 타협이다.

동물

고양이와 쥐도 먹이를 함께 먹고 있을 때에는 싸우지 않는다.

여우의 머리가 되기보다는 사자의 꼬리가 되어라.

개는 한 마리가 짖으면 모든 개들이 덩달아 짖어댄다.

동물은 자기와 같은 종류의 동물하고만 함께 생활한다. 이리와 양, 혹은 하이에나와 개가 서로 어울릴 수 있을까? 부자와 가난한 사람도 그와 같다.

처세

선행에 대해 문을 닫는 자는 나중에는 의사에게 문을 열어 주어야 할 것이다.

좋은 항아리를 가지고 있다면 그날 바로 사용하라. 그렇지 않으면 언제 깨질지도 모른다. 현명한 사람은 자기가 욕망을 지배하지만, 현명하지 못한 사람은 자기가 욕망에 지배받는다. 남의 도움으로 살아가는 것보다는 가난하게 사는 것이 마음 편하다. 남 앞에서 부끄러워하는 사람이 있고 자기 자신 앞에서 부끄러워하는 사람이 있는데 그 사이에는 큰 차이가 있다.

세상에는 정도를 지나치면 좋지 않은 것이 여덟 가지 있다. 여행, 여자, 재산, 일, 술, 잠, 약, 향료가 그것이다.

세상에는 지나치게 많이 사용하면 좋지 않은 것이 세 가지 있다. 빵의 이스트, 소금, 망설임이 그것이다.

항아리 속에 동전 하나가 들어 있으면 요란한 소리가 나지만, 동전이 가득 들어 있는 항아리는 소리가 나지 않는다.

과부가 가진 물건을 저당잡아서는 안 된다.

여자와 아이들이 가진 물건을 저당잡아서도 안 된다.

명성만을 목표로 뛰는 자에게는 명성이 따라오지 않는다. 그러나 명성을 피하여 뛰는 자에게는 따라 붙는다.

도둑은 물건을 훔치지 않고 있는 때에는 스스로를 정직하다고 생각한다.

결혼의 목적은 즐거움이고 합장의 목적은 침묵이며 강의의 목적은 듣는 것이다. 그리고 사람을 방문할 때의 목적은 일찍 도착하는 것이다. 교육의 목적은 집중되고 단식의 목적은 여유 있는 돈으로 자선하는 것이다.

사람의 몸에는 여섯 개의 쓸모 있는 부분이 있다. 그 가운데 세 개는 자신의 의지대로 할 수 없는데, 나머지 세 개는 자신의 마음대로 할 수 있는 부분이다. 눈, 귀, 코는 전자이며 입, 손, 다리는 후자이다. 당신의 혀에 "

나는 잘 모르겠습니다."라는 말을 항상 가르쳐야 한다.

장미꽃은 가시 틈에서 핀다. 공짜로 처방전을 써주는 의사의 충고는 들을 필요가 없다.

항아리를 보지 말고 안에 있는 것을 보라.

나무는 그 열매에 따라 평가되고 사람은 이의 결과에 따라 평가된다. 이제 막 열리기 시작한 열매를 보아서는 그 열매가 나중에 단맛을 낼지 쓴맛을 낼지 알 수 없다.

남에게서 칭찬을 듣는 것은 좋은 일이나, 자기의 입으로 자기를 칭찬하지는 말라.

훌륭한 인물은 아랫사람들이 하는 말에 귀를 기울인다. 노인이 젊은 사람이 하는 말에 귀를 기울이는 사회는 축복받은 세상이다.

사람을 늙게 하는 원인 네 가지는 공포, 분노, 자식, 악처이다.

사람의 마음을 가라앉혀 주는 것 세 가지는 훌륭한 음악, 조용한 풍경, 향기이다.

사람에게 자신감을 갖게 해 주는 것 세 가지는 좋은 가정, 좋은 처, 좋은 옷이다.

아무리 부자라도 선한 일을 하지 않는 인간은 소금이 빠진 진수성찬 같다.

자선에 대한 사람들의 태도에는 네 가지 유형이 있다.

1. 스스로 사람들에게 돈이나 물건을 주지만, 다른 사람이 똑같이 자선을 배푸는 것을 보면 즐거워하지 않는다.

2. 다른 사람이 자선을 베풀기를 바라면서도 자기 자신은 자선을 베풀지 않는다.

3. 자기도 기쁘게 자선을 베풀고, 남도 또 자선을 베풀기를 바란다.

4. 자기가 자신을 베푸는 것도 싫어하고, 남의 자선을 베푸는 것도 좋아하지 않는다.

첫째 유형은 질투심이 많고, 둘째 유형은 자신을 비하시키고 있고, 셋째 유형은 선한 사람이며, 넷째 유형은 완전이 악한 사람이다.

한 자루의 양초로 여러 개의 양초에 불을 붙인다 해도

처음의 양초의 불빛은 흐려지지 않는다.

하느님이 상을 내리는 세 가지 경우가 있다.

1. 가난한 사람이 큰 돈을 주웠을 때 그것을 주인에게 돌려주는 일.

2. 부자가 자기 수입의 10퍼센트를 아무도 모르게 가난한 사람을 위해 쓰는 일.

3. 도시에 살고 있는 독신자로서 죄를 범하지 않는 일.

세상에 필요 없는 남자란, 끼니를 때울 수 있는 집이 없고, 아내에게 무시당하며 살고, 몸이 여기저기 아파서 늘 괴로워하는 사람이다.

단 한번 오리고기의 닭고기를 배불리 먹고 다음날 굶주리는 것보다는 차라리 평생 양파만 먹는 편이 낫다.

다음의 세 경우에는 자기를 버리고 죽는 편이 낫다.

1. 남을 죽일 때

2. 불륜한 성관계를 맺게 될 때.

3. 근친 상간을 하게 될 때

상인이 해서는 안 되는 일

1. 과장된 선전.

2. 값을 올리기 위해서 매점매석하는 것.

3. 저울을 속이는 것.

맛있는 과일에는 그만큼 벌레도 많고,

재산이 많으면 근심도 많고,

여자가 많으면 잔소리도 많고,

하녀가 많으면 그만큼 풍기 문란하고,

하인이 많으면 물건의 분실도 잦고.

스승에게 많이 배우면 인생은 더욱 풍부해지고,

명상을 오래하면 그만큼 지혜도 늘고, 사람을 만나 유익한 이야기를 들으면 좋은 길이 열리고, 자선을 많이 베풀면 그만큼 널리 평화가 이루어진다.

다른 사람이 모두 옷을 입고 있을 때에는 나체로 있지 말라. 다른 사람이 모두 나체로 있을 때에는 앉아 있지 말라. 다른 사람이 모두 울고 있을 때에는 웃지 말라. 다른 사람이 모두 웃고 있을 때에는 울지 말라.

IV 탈무드의 귀

귀에는 듣는 사람의 의지에 관계없이 온갖 정보가 날아 들어온다. 중요한 것은 무엇을 선택하느냐이다. 이 장에는 탈무드의 이야기 중 누구에게나 흥미있을 듯한 일화들만을 선택해 모아 보았다. 일화는 사고의 재료이다. 맛있게 만드는 것도, 딱딱하게 굽는 것도 요리인인 여러분의 손에 달려 있다.

요술 사과

어떤 나라에 한 임금이 왕비도 없이 슬하에 공주 하나만 두고 살고 있었다. 그런데 그 귀하고 아리따운 공주가 이름도 모르는 병에 걸려서 사경死境을 헤매고 있었다. 임금님은 공주의 병을 고쳐 주는 자에겐 사위로 삼고 왕위를 물려 주겠다는 방을 붙였다.

이때 왕궁에서 멀리 떨어진 시골에 아들 3형제가 살고 있었는데, 맏형은 아무리 먼 곳이라도 볼 수 있는 망원경을 가지고 있었고, 둘째는 금방 날아갈 수 있는 양탄자가 있었다. 그리고 막내는 무슨 병이든 고칠 수 있는 마법의 사과를 가지고 있었다.

어느 날 맏형이 망원경으로 공주가 병에 걸렸다는 방을 보고, 동생들과 의논을 한 후 둘째의 마법의 양탄자를 타고 왕국으로 날아갔다. 그리고 막내가 공주에게 사과를 먹이자 공주는 거짓말처럼 일어났다.

임금님은 너무나 기쁜 나머지 큰잔치를 베풀고 이들 3형제 중 사위 삼을 사람을 고르기로 했다. 그런데 난처한 일이 일어났다. 맏형이, "내 망원경이 아니었더라면 임금님이 붙인 방도 보지 못했을 거야." 그러자 둘째가 나섰다. "내 양탄자가 아니었으면 이렇게 빨리 올 수도 없었지." 막내도 빠지지 않았다. "내 사과가 아니었으면 공주님은 무슨 약을 먹고 나을 수 있었지?"

여러분이 임금님이라면 누구를 사위로 삼겠는가?

답은 막내아들이다.

큰형이나 둘째형은 망원경과 양탄자를 그대로 가지고 있지만 막내아들은 가지고 있던 사과를 공주에게 먹였으므로 그에게 남은 건 없다. 그는 공주를 위해 자기가 지니고 있던 귀중한 보물을 바친 것이다.

탈무드에 의하면 "무엇인가를 해줄 때는 모든 것을 아낌없이 바치는 것이 중요하다."는 것이다.

입을 조심해라

세상의 모든 동물들이 뱀을 앞에 놓고 이야기를 하고 있었다. 어떤 동물이, "사자는 먹이를 쓰러뜨린 뒤에 먹는다. 이리는 먹이를 찢어서 먹는다. 그런데 뱀이여, 그대는 먹이를 통째로 먹어치우니 웬 까닭인가?"라고 물었다. 그러자 뱀이 대답했다.

"나는 남을 헐뜯는 사람보다는 아직 낫다고 생각하고 있다. 입으로 상대방을 상하게 하지는 않으니까."

혀 1

어느 한 장사꾼이 길을 걷고 있었다.

"인생의 비결을 살 사람 없습니까?"라고 큰소리로 외치며 걸어가고 있었다. 거리의 사람들이 인생의 비결을 사기 위하여 하나둘 모여들었다. 그 중에는 랍비도 몇 사람 끼어 있었다. 모두들 어서 팔라고 조르자 그 사람은, "인생을 참되게 살아가는 비결이란 자신의 혀를 주의하여 사용하는 것입니다."라고 말했다.

철학과 지혜의 그릇 탈무드

혀 2

어떤 랍비가 학생들을 위하여 만찬회를 열었다.
소의 혀와 양의 혀 요리가 나왔는데, 그 혀 중에는 굳은
혀와 연한 혀가 있었다. 학생들은 다투어 연한 혀를 집
어먹으려 했다. 그때 랍비가 학생들을 향해 말했다.

"그대들도 자기의 혀를 언제나 부드럽게 해두어라. 굳
은 혀를 가지고 있는 사람은 남을 화나게 하거나 불화를
일으킨다."

혀 3

어떤 랍비가 사환에게 시장에 가서 뭐든 맛있는 것을 사오라고 했다. 사환은 혀를 사왔다.

이틀 후에 그 랍비는 사환에게 오늘은 싼 음식을 사오라고 말했다. 그랬더니 또 혀를 사왔다.

그래서 랍비는, "맛있는 것을 사오라고 했을 때도 혀를 사오더니, 값이 싼 것을 사오라고 시켰는데도 또 혀를 사오니 도대체 어찌 된 일이냐?"라고 물었다. 그러자 사환은, "혀가 아주 좋은 경우는 이만큼 좋은 것이 없고, 나쁘면 이만큼 나쁜 것도 없습니다."라고 대답했다.

하느님이 맡긴 보석

메이어라고 하는 랍비가 안식일에 교회에서 설교를 하고 있었다.

그때 마침 집에서 갑자기 두 아들이 죽었다. 랍비의 아내는 두 아들의 시체를 이층으로 옮기고 하얀 천으로 덮어 두었다.

랍비가 집으로 돌아오자 아내가 말했다. "당신에게 묻고 싶은 것이 있어요. 어떤 분이 귀중한 보석을 저에게 맡겨놓고 가셨는데 갑자기 돌려달라고 하니 저는 어찌하면 좋겠어요."

랍비는 "물론 다시 주인에게 돌려주어야 하지요."라고 말했다. 그러자 아내는 "실은 방금 하느님께서 귀중한 보석 두 개를 거두어 가셨어요."라고 말했다. 랍비는 그 말을 알아듣고 아무 말도 하지 못했다.

어떤 유서

예루살렘에서 멀리떨어진 곳에 살고 있는 한 유태인이 아들을 예루살렘에 있는 학교로 입학을 시켰다.

그런데 아들이 예루살렘에서 공부를 하고 있는 사이에 아버지는 중병에 걸려 앓아 눕게 되었다. 아버지는 가만히 생각해보니 자신은 살아날 가망성이 없는 것 같아 유서를 썼다. 유서의 내용은 자기가 가지고 있던 전 재산을 모두 노예에게 물려주되 아들은 단 한 가지만 가질 수 있다는 것이었다.

얼마 후에 주인이 숨을 거두자, 노예는 자신의 행운幸運을 기뻐하며 예루살렘으로 달려가 아들에게 아버지의 죽음을 알리고 유서를 보여 주었다. 아들은 대단히 놀라고 슬퍼하였다. 아들은 아버지의 장례를 치르고 앞으로

'어떻게 해야 할까' 하고 고민하다가 결국엔 랍비를 찾아갔다. 그리고 사정을 말하고는 "왜 아버지께서는 저에게 잘못을 저지른 일이 없는 데도 아무 것도 안 주셨을까요?"라고 투덜거렸다.

그러자 랍비는 "말도 안 되는 소리 말게나, 자네 부친은 지혜로운 분이시네. 이 유서를 보면 자네를 얼마나 사랑하고 있는지 알 수 있지 않겠는가?"라고 말했다. 그러나 아들은 "노예에게 전재산을 물려 주시고 저에게는 동전 한 푼 남겨놓지 않으셨는데 자식에 대한 사랑이라곤 손톱만큼도 없이 저를 미워하신 것이 분명합니다."라고 원망스럽게 말했다. 그러자 랍비는 "자네도 아버지처럼 현명하게 머리를 써보게. 아버지가 무엇을 바라고 있었던가를 생각해보면 자네에게 훌륭한 유산을 남겨 주었음을 깨닫게 될 걸세."라고 타일렀다. "아버지는 자기가 죽을 때 아들이 없었으므로 노예가 재산을 가지고 도망가거나, 재산을 써버리거나, 자기가 죽은 것조차 아들에게 알리지 않을지도 모른다고 생각하고 우선 노예에게 준 것이지. 재산을 전부 받은 노예는 너무 기쁜 나머지 급히 자네를 만나러 갈 것이고, 재산도 소중하게 관리될 것이라고 생각한 거지." 아들은 "그게 저에게 무슨 소용이 있습니까?"라고 말했다. 랍비는 "젊은이들은 역시 지혜가 부족하군. 노예의 재산은 전부 주인에게 속한다는 걸 모르고 있었나. 자네 아버님은 단 한가지를 자네에게 주지 않았는가."

"자네는 노예를 선택하면 되는 것이야. 자네 아버님이야말로 얼마나 현명하시고 애정이 넘치는 분이신가."라고 말했다. 아들은 그제서야 유서의 내용을 깨닫고 랍비가 말한 대로하고, 나중에 노예를 해방시켜 주었다. 아들은 세월이 흘러도 곧잘 "역시 나이 드신 분의 지혜는 당할 도리가 없지."라고 중얼거렸다.

올바름의 차이

알렉산더 대왕이 이스라엘에 왔을 때의 일
이다. 유태인이 대왕에게 "우리가 가지고 있는 금과 은
을 보고 싶지 않으십니까?"하고 물었다.

대왕은 "나는 금과 은은 많이 가지고 있으므로 조금도
갖고 싶은 생각이 없소. 다만 유태인들의 습관과 유태인
들에게 있어서 올바름이란 무엇인가를 알아두고 싶소."
하고 말했다.

대왕이 머무르고 있는 동안 때마침 두 남자가 랍비에
게 상담을 하러 왔다.

한 사람이 다른 한 사람에게서 쓰레기더미를 샀는데
쓰레기더미를 산 남자는 쓰레기 속에 대단히 많은 양의
동전이 섞여 있는 것을 발견했다. 그래서 그는 "나는 넝
마만 산 것이니 동전은 당신 것이오."하고 넝마를 판 남

자에게 말했다. 판 남자는 "내가 당신에게 판 것은 쓰레기더미 전부이므로 그 속에 들어 있는 것이 돈이든 무엇이든지간에 당신 것이오."하고 말했다.

그 말을 듣고 랍비는 "당신에게는 딸이 있고, 당신에게는 아들이 있지요? 그렇다면 두 사람을 결혼시켜 그들에게 그 동전을 넘겨 주는 것이 가장 좋을 것이오."라고 판정을 내렸다.

그 후 랍비는 알렉산더 대왕에게 물었다. "폐하, 폐하의 나라에서는 이러한 경우 어떻게 처리합니까?" 대왕은 아주 간단하게 대답했다. "우리나라에서는 두 사람을 죽이고 동전을 내가 갖지요. 이것이 나에게 있어서의 올바름이오."

포도원

하루는 여우 한 마리가 포도원 옆을 서성거리며 어떻게 해서든지 그 안으로 들어가려고 궁리하고 있었다. 그러나 울타리가 있어서 좀처럼 들어갈 수가 없었다. 그래서 여우는 3일간 쫄쫄 굶은 끝에 살을 뺀 다음 간신히 울타리 사이를 비집고 들어가는 데 성공했다.

포도원에 들어간 여우는 실컷 배불리 먹었기 때문에 막상 포도원에서 나오려 할 때에는 처음처럼 다시 살이 쪄서 울타리를 빠져 나올 수가 없었다. 그래서 할 수 없이 또 3일간 굶고 나서 몸의 살을 뺀 후 빠져 나왔다. 그때 여우는 이렇게 말했다.

"배고프기는 들어갈 때나 나올 때나 마찬가지구나."

인생도 이와 똑같은 것이다. 인간은 알몸으로 태어나 죽을 때에도 알몸으로 돌아가게 마련이다.

사람은 죽어서 가족과 부富와 선행善行 세 가지를 이 세상에 남긴다. 그러나 선행 이외의 것은 별로 값진 것이 되지 못한다.

복수와 증오

"솥을 좀 빌어주시오."라고 한 남자가 말했다. 상대방은, "안되오."라고 거절했다. 얼마 후에 이번에는 거절했던 남자가, "말을 좀 빌어주시오."라고 말했다. 그러자 그는, "당신이 솥을 빌려주지 않았으니 나도 당신에게 말을 빌려주지 않겠소."라고 대답했다. 이것은 복수이다.

"솥을 좀 빌어주시오."라고 한 남자가 말했다. 상대방은, "안되오."라고 거절했다. 얼마 후에 이번에는 거절했던 남자가, "말을 좀 빌어주시오."라고 말했다. 처음의 남자는 말을 빌려주면서, "당신은 나에게 솥을 빌어주지 않았지만 나는 당신에게 말을 빌려주겠소."라고 말했다. 이것은 증오이다.

선과 악

.

지구가 대홍수에 잠겨 버렸을 때, 온갖 동물이 노아의 방주를 타러 왔다. '선善'도 방주를 타려고 급히 달려왔다. 그러나 노아는 "나는 짝이 없는 것은 태우지 않기로 했다."고 말하면서 '선'을 태워주지 않았다.

그래서 '선'은 할 수 없이 숲으로 되돌아가서 자기의 짝이 될 만한 것을 찾아보았다. 결국 '선'은 '악'을 데리고 배에 올랐다.

이때부터 선이 있는 곳에는 어디에나 악이 있게 되었다.

나무의 열매

어떤 노인이 정원에서 묘목을 심고 있었다. 마침 그곳을 지나가던 한 나그네가 "노인장은 도대체 언제쯤이나 그 나무에서 열매가 열릴 것이라고 생각하고 계십니까?"하고 물었다. 노인은 "아무래도 70년은 지나야 열리겠지?"하고 대답했다. 그 나그네는 "노인장이 그때까지 오래 사실 수 있습니까?"하고 물었다. 그러자 노인은 "아니지 내가 태어났을 때 우리 과수원에는 열매가 주렁주렁 열려 있었지. 그것은 내가 태어나기 훨씬 전에 아버님이 나를 위해 어린 나무를 심어 놓았기 때문이오. 나도 내 아들을 위해 이러고 있는 것이지."

철학과 지혜의 그릇 탈무드

장님의 초롱

어떤 남자가 아주 어두운 밤거리를 걸어가고 있었다. 그때 저쪽에서부터 장님이 등불을 들고 걸어왔다. 이상하게 생각한 남자는 "당신은 장님인데 왜 등불을 들고 다니시오?" 하고 물었다. 장님은 "내가 이것을 들고 다니면 눈뜬 사람들이 내가 걸어가고 있다는 것을 알 수 있기 때문이오." 하고 대답했다.

일곱 번째 사람

어떤 랍비가 "지금 이 문제는 내일 아침에 여섯 사람이 모여서 하도록 합시다."하고 말했다.

그런데 다음 날 아침에 보니까 일곱 사람이 모여 있었다. 랍비는 그 일곱 번째의 사람이 누군지 알 수 없었다. 누군가 한 사람, 부르지 않은 사람이 와 있었던 것이다. 랍비는 그 일곱 번째 사람이 누군지 알 수 없었다.

그래서 랍비는 "여기에 초청을 받지 않은 사람이 한 사람 있습니다. 그분은 곧 돌아가 주십시오."하고 말했다. 그러자 그 중에서 가장 유명한 인물이며 누가 생각해도 당연히 초청 받았음직한 사람이 일어나서 나가버렸다.

그는 왜 그랬을까? 그것은 초청을 받지 않았거나 또는 어떤 착오로 인해 오게 된 사람이 굴욕감을 느끼지 않도록 하기 위해서 자기가 나갔던 것이다.

가정의 평화

메이어라고 하는 랍비는 연설을 아주 잘하는 랍비로 소문이 나 있었다.

그는 매주 금요일 밤이면 교회에서 연설을 했다. 도처에서 수백 명이나 되는 사람들이 그의 연설을 들으러 왔다.

그는 꽤 오랫동안 설교했고 설교가 끝난 후 그녀는 만족하여 집으로 돌아왔다. 그런데 남편이 대문에서 그녀를 기다리고 있다가, 내일이 안식일인데 아직 음식을 준비하지 않았다고 하면서 "당신은 도대체 어디 갔다 오는 거요?"하고 화를 냈다. 그녀는 "교회에 가서 랍비 메이어의 설교를 듣고 왔어요."하고 말했다. 그러자 그는 대단히 화를 내며 "그 랍비의 얼굴에 침을 뱉고 오기 전에 당신은 절대 집에 들어올 수 없어."하고 소리 질렀다. 그래서 그녀는 쫓겨나 하는 수 없이 그녀의 친구 집에 머물렀다.

메이어는 이 사실을 전해 듣고 나서 자기의 설교가 지나치게 길었기 때문에 한 가정의 평화가 깨졌다는 것을 깨달았다. 그래서 그녀를 불러 눈이 아프다고 호소하면서 이렇게 말했다.

"눈이 아플 때에는 참으로 씻어내는 것이 더 좋을 것 같소. 그렇게 하면 약이 될 것이오. 당신이 좀 씻어 주시오."

그래서 그녀는 그의 눈에 침을 뱉었다.

그것을 본 제자들이 "선생님은 덕망 있는 랍비이신데, 어찌하여 여자로 하여금 선생님의 얼굴에 침을 뱉게 하십니까?" 하고 물었다. 그러자 랍비는 "한 가정의 평화를 다시 찾기 위해서는 그보다 더 심한 일이 생기더라도 참아야 하오." 하고 대답했다.

철학과 지혜의 그릇-탈무드

현명한 행동 세 가지

예루살렘에 사는 사람이 여행을 하다가 병이 났다. 그는 자신은 더 이상 살 수 없다고 생각하고 여관 주인을 불러 "나는 곧 죽게 될 것 같소. 내가 죽은 후에 예루살렘에서 아들이 오면 내가 가진 물건을 그에게 전해 주시기 바랍니다. 그러나 내 자식이 현명한 행동세 가지를 하지 않는다면 내가 가진 물건을 결코 내주지 마십시오. 왜냐하면 나는 여행을 떠나기 전에 아들에게, 만약 내가 여행 중에 죽게 되면 나의 재산을 상속相續받기 위하여 세 가지 현명한 행동을 하지 않으면 유산遺産을 줄 수 없다고 말했기 때문입니다."하고 말했다.

마침내 그 남자가 죽자 유태의 예법에 따라 여관 주인이 장례식을 치러 주었다. 동시에 마을 사람들에게 그의 죽음이 알려졌고, 예루살렘에 있는 아들에게 심부름꾼이 보내졌다.

아들은 예루살렘에서 아버지가 죽었다는 소식을 듣고 아버지가 죽은 마을을 찾아갔다. 그러나 아들은 아버지가 죽은 집을 알지 못했다. 왜냐하면 아버지가 죽으면서 그의 아들에게 자기가 죽은 여관을 알리지 말도록 유언했기 때문이다. 그래서 아들은 스스로 그 집을 찾아내지 않으면 안되었다.

이때 나무꾼이 잔뜩 나무를 지고 지나고 있었다. 아들은 그를 불러 세우고 장작을 산 뒤, 예루살렘에서 온 사람이 죽은 집으로 그 나무를 배달하라고 말하고는 그 나무꾼의 뒤를 따라갔다.

그런데 여관 주인이 "나는 나무를 살 생각이 없소."라고 말하자 나무꾼은 "내 뒤에 오는 분이 이 장작을 사서 이곳으로 가져가라고 했습니다."라고 말했다. 이것이 아들의 첫 번째 현명한 행동이었다.

여관 주인은 그를 기쁘게 맞고서 저녁을 준비해 대접했다. 식탁에는 칠면조 다섯 마리와 닭 한 마리가 요리

되어 있었다. 그리고 집주인과 그의 아내, 두 아들, 두 딸 등 일곱 명이 식탁에 앉았다.

주인이 "음식을 모두 나누어 주십시오."라고 말하자, 그는 "아닙니다. 당신이 주인이니까 당신이 나눠 주는 것이 당연합니다."하고 말했다. 그러자 주인은 "당신이 손님이므로 당신이 나누어 주는 것이 좋겠습니다."하고 말했다. 할 수 없이 아들은 음식을 나누기 시작했다. 우선 오리 한 마리를 두 아들에게 주었다. 또 한 마리의 오리는 두 딸에게 주고, 또 한 마리는 주인 부부에게 주었다. 두 마리의 오리는 자기 몫으로 식탁에 놓았다. 이것이 아들의 두 번째 현명한 행동이었다.

주인은 그것을 보고 아주 못마땅한 얼굴을 했으나, 아무 말도 하지 않았다.

다음에 아들은 닭을 나누기 시작했다. 우선 머리를 주인 부부에게 주었고, 두 아들에게는 다리를 주었다. 두 딸에게는 날개를 주고, 나머지 몸통 전체는 그가 가졌다. 이것이 아들의 세 번째 현명한 행동이었다.

마침내 주인은 성을 내며 "당신 나라에서는 이와 같이 한단 말이오? 당신이 오리를 나눌 때에는 그래도 참으려고 했지만 닭을 나누는 것을 보니 더 이상 참을 수가 없소. 도대체 당신 뭐하는 것이오."하고 버럭 화를 냈다.

그 아들은 "나는 음식 나누는 일을 하고 싶지 않았습니다. 그러나 당신이 억지로 시키므로 나는 최선을 다한 것입니다. 주인 내외분과 칠면조 한 마리로 세 개, 두 아드님과 칠면조 한 마리로 세 개, 두 따님과 칠면조 한 마리로 세 개, 그리고 나는 칠면조 두 마리로 세 개가 됩니다. 이것은 아주 공평한 방법입니다. 또 당신은 이 집의 첫째가는 가장家長이므로 닭의 머리를 드렸고, 두 아들은 이 집의 기둥이므로 다리를 주었습니다. 두 딸에게 날개를 준 것은 이제 날개를 달고 좋은 집으로 시집을 갈 것이기 때문입니다. 나는 배를 타고 여기에 왔고, 또 배를 타고 돌아가야 하므로 몸통 부분을 가진 것입니다. 빨리 내 부친의 유산을 주십시오."하고 말했다.

재산

어떤 배 안에서 있었던 일이다. 배에 탄 사람들은 모두 대단한 부자들이었는데, 그 중에 랍비도 한 사람 타고 있었다. 부자들은 서로 재산을 비교하며 자랑하고 있었다. 그러나 랍비가 "나는 내가 가장 부자라고 생각하고 있지만, 지금 여러분에게 그 재산을 보여 줄 수 없는 것이 유감遺憾이오."하고 말했다.

잠시 후 해적이 배를 습격했다. 부자들은 금은 보석 등 모든 재산을 털려 버렸다. 해적이 떠난 뒤 배는 간신히 어떤 항구에 닿았다.

랍비는 그 항구 사람들에게 깊은 지식과 교양을 인정받아 학교에서 학생들을 가르치게 되었다.

얼마 후 랍비는 함께 배를 탔던 옛날의 그 부자들을 만나게 되었는데 그들은 모두 비참한 가난뱅이가 되어 있었다. 랍비를 만나자 그 사람들은 "확실히 당신의 말이 옳더군요. 지식을 가지고 있는 자는 이 세상의 모든 것을 가지고 있는 것과 같습니다."라고 말했다.

지식은 언제나 빼앗기는 것 없이 가지고 다닐 수 있기 때문에 지식을 쌓는 것이 가장 값진 것이다.

가난

전에는 가난했지만 지금은 벼락부자가 된 사람이 있었다. 랍비 힐렐은 그에게 말 한 필과 마부 한 사람을 주었다. 그런데 어느 날 마부가 없어졌다. 그래서 그 부자는 5킬로미터나 되는 거리를 직접 말을 끌고 걸어갔다.

천당과 지옥

어떤 젊은이가 아버지에게 살찐 닭을 잡아 드렸다. 부친은 "이 닭을 어디서 구했느냐?"하고 물었다. 아들이 "아버지, 그런 것에는 신경 쓰지 마시고 많이 드시기나 하세요."라고 말하자, 아버지는 더 이상 아무 말도 묻지 않았다.

또 한 명의 젊은이는 물레방앗간에서 밀가루를 빻고 있었는데, 왕이 나라 안의 방앗간 일꾼을 전부 불러들인다는 포고령布告令을 내리자 아버지를 자기 대신 방앗간에서 일하게 하고 자기는 성城으로 갔다.

이 두 아들 가운데 누가 천당으로 가고 누가 지옥으로 갈 것인가 생각해 보자.

두 번째 젊은이는 왕이 강제로 끌어 모은 노동자들을 혹사하고 천대하며 먹을 것도 제대로 주지 않을 것을 알고서 아버지 대신 자기가 갔던 것이다. 따라서 그는 천당에 갔다. 그러나 아버지에게 닭을 잡아 드린 젊은이는 아버지의 질문에 제대로 대답을 하지 않았으므로 지옥에 갔다.

진심으로 대하는 행동이 아니면 오히려 아버지에게 일을 시키는 편이 낫다.

세 사람의 친구

옛날 어떤 왕이 한 남자에게 사신使臣을 보내 곧 자기에게 오라고 명했다. 그런데 이 남자에게는 친구가 세 사람 있었다.

첫 번째 친구는 아주 소중하게 생각하고 있었으므로 서로 친구라고 여기고 있었다.

두 번째 친구도 역시 사랑은 하고 있었으나 첫 번째 친구만큼 소중하게 여기지는 않았다.

세 번째 친구도 친구라고는 생각하고 있었으나 두 친구만큼 우정을 느끼고 있지는 않았다.

그러던 어느 날 왕에게서 사신이 왔다. 그는 뭔가 자기가 잘못을 저질러 그것을 조사하려는 게 아닌가 하고 까닭없이 근심이 되어 혼자서는 왕 앞에 나아갈 용기가 나지 않았다. 그는 세 친구에게 함께 가 달라고 부탁했다.

우선 가장 친하고 소중하게 여기던 친구의 집에 가서 "함께 가다오."하자, 친구는 이유도 묻지 않고 "나는 안 돼."하고 딱 잘라 거절했다.

두 번째 친구에게 부탁하자 "성문까지는 같이 갈 수 있지만, 그 이상은 갈 수가 없어."라고 말했다.

세 번째 친구는 "좋아 함께 가지. 자네는 아무 것도 잘 못한 것이 없으니 그렇게 걱정할 것 없네. 내가 함께 가서 왕에게 그렇게 말해 주지."라고 말했다.

첫 번째 친구는 '재산'과 같은 것이다. 아무리 사랑하더라도 죽을 때에는 남겨두고 갈 수밖에 없다.

두 번째 친구는 '가족'이나 마찬가지이다. 화장터까지는 따라가 주지만, 거기서부터는 그냥 돌아가버린다.

세 번째 친구는 '선행'이다. 착한 행실은 보통 때에는 눈에 띄지 않으나, 죽은 후에도 영원히 남는 것이다.

술의 기원

이 세상에서 최초의 인간이 포도 씨를 심고 있었다. 그때 악마가 나타나서 "무엇을 하고 있느냐?"하고 물었다. 인간이 "나는 훌륭한 식물을 심고 있지."하고 대답하자, 악마는 "이런 나무는 본 적이 없는데."하고 대꾸했다. 인간은 악마에게 "이 나무는 대단히 달고 맛있는 열매를 맺지. 그 즙을 마시면 당신은 아주 행복해질 거야."하고 설명했다.

악마는 이 좋은 것을 자기도 친구들에게 꼭 가져다주어야겠다고 하면서 양과 사자, 돼지와 원숭이를 죽여서 그 피를 포도밭에 비료로 뿌렸다. 이렇게 해서 포도주가 생겨났다.

그래서 술은 처음 마시기 시작할 때에는 양과 같이 순하고 조금 더 마시면 사자와 같이 강하게 되고, 더 마시면 돼지와 같이 추잡하게 된다. 지나치게 마시면 원숭이처럼 춤을 추거나 노래를 부른다. 이것은 악마가 인간에게 준 하나의 선물이다.

어머니

어떤 랍비가 어머니와 둘이서 같이 걸어가고 있었다. 그런데 그 길은 돌이 많고 울퉁불퉁한 길이어서 걷기가 아주 힘들었다. 랍비는 어머니가 한발 내디딜 때마다 자신의 발을 어머니의 발 밑으로 뻗쳐 징검다리처럼 해 주었다.

탈무드 속에는 부모가 등장하면 반드시 아버지가 앞에 나오는데, 이 이야기는 어머니만 등장하는 유일한 이야기이다. 어머니도 아버지와 마찬가지로 소중하다는 교훈을 알려 주기 위한 듯하다.

만약 부모가 동시에 물을 마시고 싶어할 때에는 아버지에게 먼저 드린다. 왜냐하면 어머니도 아버지를 섬기지 않으면 안 되는 입장이기 때문에 어머니에게 드린다 해도 어머니는 드시지 않고 권해드릴 것이기 때문이다.

두 시간의 일

어떤 왕이 자기의 포도밭에서 많은 노동자에게 일을 시키고 있었다. 그 중에 한 노동자가 특이한 재주가 있어 금방 눈에 띄었다. 어느 날 왕은 그 뛰어난 노동자와 함께 포도밭을 산책散策했다.

유태의 관습에 의하면 품삯을 매일 동전으로 지불하게 되어 있다. 저녁이 되어 하루의 일이 끝나자 노동자들은 일렬로 줄을 서서 품삯을 받았는데, 모두 같은 삯을 받았다.

그런데 재주 있는 노동자가 품삯을 받자, 다른 노동자들이 화를 내면서 "그자는 두 시간밖에 일하지 않고 임금님과 함께 돌아다니기만 했을 뿐인데 우리와 똑같이 품삯을 주는 것은 불공평한 일입니다."하고 다른 노동자들이 불평을 터뜨렸다.

그러자 왕은 "너희들이 하루 동안 하는 일을 이 사람은 두 시간에 다 하였다."라고 말했다.

28세에 죽은 랍비도 다른 사람이 백년 동안 살면서 해놓은 일보다 더 많은 일을 했다.

문제는 몇 년 동안 사는가 하는 것이 아니라 무엇을 얼마큼 했느냐가 중요하다.

일곱 가지 변화

탈무드에 의하면, 남자의 인생은 일곱 단계로 나누어진다.

1. 한 살은 임금님 – 모든 사람이 왕을 섬기듯 비위를 맞추어 주고 떠받들어 준다.

2. 두 살은 돼지 – 진흙 속을 이리저리 굴러다닌다.

3. 열 살은 어린 염소 – 깔깔거리고 웃으면서 이리저리 뛰어다닌다.

4. 열 여덟 살은 말 – 다 컸다고 생각하여 자랑하고 싶어한다.

5. 결혼하면 당나귀 – 가정이라고 하는 무거운 짐을 지고 터벅터벅 걸어가지 않으면 안 된다.

6. 중년은 개 – 가족을 부양하기 위하여 사람들에게

호감을 얻어야 한다.

7. 노인은 원숭이 - 다시 아이들처럼 되는데, 아무도 관심을 가져 주지 않는다.

영원한 생명

한 랍비가 시장에 왔다. "이 시장에는 영원한 생명을 가질 만한 자격이 있는 사람이 있습니다."하고 랍비는 말했다. 그런데 누가 보아도 그러한 사람은 하나도 없었다. 그 때 두 사람이 랍비가 있는 곳을 걸어왔다. 그러자 랍비는 "이 두 사람이야말로 훌륭한 선인善人입니다. 영원한 생명을 가질 만합니다."라고 말했다.

주위 사람들이 "당신들은 무슨 장사를 합니까?"하고 물었다. 두 사람은 "우리는 광대입니다. 외로운 사람에게 웃음을 주고, 다투고 있는 사람에게는 평화를 줍니다."라고 대답했다.

거미와 모기와 미치광이

다윗 왕은 평소, 거미는 장소를 가리지 않고 아무 데나 집을 짓는, 불결하고 아무 쓸모도 없는 지저분한 벌레라고 생각했다.

그런데 어떤 전쟁에서 그는 적에게 포위되어 피신할 곳이 없었는데 궁여지책窮餘之策으로 한 동굴 속에 숨었다. 이 동굴 입구에는 마침 거미 한 마리가 거미줄을 치고 있었다.

얼마 후에 다윗 왕을 뒤쫓던 적군이 동굴 앞에까지 이르렀는데, 동굴 입구에 쳐져 있는 거미줄을 보고는 그냥 돌아가고 말았다.

또 다윗 왕은 어느 날 적장의 침실에 숨어 들어가 그의 칼을 훔쳐서 다음날 아침에 "나는 그대의 칼을 가지고 왔을 정도이니 그대를 죽이는 것도 간단한 일이다."고

하면서 자기의 실력을 과시하려고 마음 먹었다. 그러나 기회는 좀처럼 오지 않았다.

그러던 어느 날 간신히 침실까지 숨어 들어갔는데 적장이 칼을 다리 밑에 깔고 자고 있었기 때문에 아무리 해도 빼앗을 수가 없었다. 다윗 왕은 단념한 채 그곳에서 나오려고 했다. 그때였다. 모기 한 마리가 날아와서 적장의 다리에 앉았다. 적장은 무의식중에 다리를 움직였다. 그 순간을 이용해서 다윗 왕은 칼을 뺏는 데 성공했다.

또 한 번은 적에게 포위되어 위기일발危機一髮의 순간이 되었을 때, 그는 미치광이처럼 행동했다. 적군의 병사들은 설마 이 미치광이가 왕이라고는 차마 생각하지 못하고 그냥 지가버렸다.

세상에 무엇이건 쓸모 없는 것이란 없다. 그러므로 작은 것이라도 소홀히 여겨서는 안 되는 것이다.

사랑의 편지

어떤 곳에 젊은 남자와 아름다운 처녀가 살고 있
었다. 두 사람은 사랑하게 되었고, 남자는 처녀에게 일
생동안 그녀만을 사랑하겠다고 맹세했다.

얼마동안 그들 두 사람은 순탄하고 행복한 나날을 보
냈다. 그러던 어느 날, 남자는 그녀를 남겨두고 여행을
떠났다. 그녀는 그가 돌아오기를 기다렸으나, 그는 오랫
동안 돌아오지 않았다.

친구들은 그녀를 가엾게 여겼으나, 그녀의 경쟁자들
은, "그는 절대로 돌아오지 않을거야."하면서 그녀를 비
웃었다.

그녀는 집에 돌아와 그가 일생동안 그녀만을 사랑하
겠다고 은밀히 다짐했던 편지를 꺼내어 눈물을 흘리면

서 읽었다. 편지는 그녀를 위로해 주었으며 그녀의 힘이
되었다.

　어느 날 애인이 돌아왔다. 그녀는 그동안의 슬픔을 그
에게 털어놓았다. 그는, "그런 괴로움 속에서 어떻게 정
절을 지킬 수 있었소?"라고 물었다. 그녀는, "나는 이스
라엘과 같아요."라고 웃으며 말했다.

　(이스라엘이 다른 나라의 지배를 받을 때 다른 나라 사
람들은 모두 유태인을 비웃었다. 이스라엘이 독립한다
고 하자 사람들은 또 이스라엘의 현인들을 바보 취급했
다. 유태인은 학교나 교회에서만 이스라엘을 지켜왔다.
유태인은 하느님이 이스라엘에게 준 서약을 읽어 왔고,
그 속에 있는 성스러운 약속을 믿고 살아왔다. 신은 약
속을 지켰다. 그녀도 그의 맹세한 편지를 읽음으로써 그
를 믿고, 그가 돌아오기를 기다렸기 때문에 이스라엘과
같다고 한 것이다.)

삿갓

유태에서는 사내아이가 태어나면 삼나무를 심는다. 그리고 계집아이가 태어나면 소나무를 심는다. 두 사람이 결혼할 때는 소나무 가지와 삼나무 가지로 큰 삿갓을 만들어 두 사람을 가려 준다.

누구든지 신부가 삿갓 속에 들어간 것을 알고 있더라도 거기서 무슨 일이 일어나는지에 대해서는 이야기하면 안된다.

참된 이득

랍비 몇 명이 길을 가다가 악당의 무리와 마주쳤다. 이 악당들은 사람의 골수까지 빨아먹을 만큼 잔인한 자들로, 이들만큼 교활하고 잔인한 자들은 없었다.

랍비 하나가 이런 악인惡人들은 모두 물에 빠져 죽어버렸으면 좋겠다고 말했다. 그러나 그 중에서 가장 덕망 있는 랍비는 "아니오, 유태인으로서 그렇게 생각하더라도 그렇게 되도록 기도해서는 안 됩니다. 악인이 죽어 없어지기를 바라기보다 악인들이 회개悔改하기를 바래야 합니다." 하고 타일렀다.

악인을 벌하는 것은 우리에게 어떤 이득도 되지 않는다. 그들을 회개시키거나 선한 사람으로 만들지 않는 한, 손해가 될 뿐이다.

남겨놓은 것

「구약성서」에 인류 최초의 여자는 아담의 갈비뼈 하나를 뽑아서 만들었다고 씌어 있다.

로마 황제가 어떤 랍비의 집을 찾아가 "하느님은 도둑이나 마찬가지요. 어찌하여 남자가 잠든 사이에 그의 허락도 없이 갈비뼈를 훔쳐갔죠?"하고 물었다.

그러자 옆에 있던 랍비의 딸이 참견했다. "폐하의 부하를 한 사람 빌려 주세요. 좀 곤란한 문제가 생겨서 그것을 조사했으면 합니다." 그러자 황제는 "그렇게 하시오. 그런데 그 문제라는 것은 무엇이냐?"하고 물었다. 딸은 "어젯밤에 집에 도둑이 들어와서 금고를 훔쳐갔습니다. 그런데 어찌된 일인지 도둑은 금그릇을 놓고 갔습니다. 어떻게 해서 그렇게 되었는지 조사하려고 합니다."라고 말했다.

황제는 "그것 참 부러운 일이로군. 그런 도둑이라면 우리 황실에도 들어왔으면 좋겠군."하고 말했다. 그러자 랍비의 딸은 "그렇겠지요. 그것은 결국 아담에게 일어난 일과 같은 것이 아니겠습니까? 하느님은 갈비뼈를 훔쳐 갔지만 이 세상에 여자를 남겨놓지 않았습니까?"하고 말했다.

법률

유태의 법률法律에는 사람들이 지키지 않을 법률을 만들어서는 안 된다는 원칙이 있다.

무일푼의 왕

마음이 착한 부자가 있었다. 그는 자기의 종이었던 노예를 기쁘게 해주려고 배에 물건을 가득 실어 그에게 주면서 어디든지 좋은 곳으로 가서 이 물건을 팔아 행복하게 살라고 해방시켜 주었다.

배는 큰 바다로 항해했다. 그런데 폭풍을 만나 배가 침몰하고 말았다. 배에 있던 물건을 모두 잃어버린 노예는 간신히 근처의 섬으로 헤엄쳐 갔다. 그는 모든 것을 잃은 데다가 혼자라는 생각 때문에 큰 슬픔에 빠졌다.

그가 섬 안으로 터벅터벅 걸어 들어가자 커다란 도시가 나타났다. 그는 벌거숭이였다. 그러나 그가 도시에 이르자, 사람들은 그를 환호 속에 맞으면서 "임금님 만세!"하고 외치며 그를 왕으로 삼았다.

그는 호화로운 궁전에 살게 되었는데 그는 하루하루

를 보내면서 이것이 꿈이 아닌가 하고 생각했다. 그는 아무래도 믿을 수 없어서 어떤 사람에게 물어보았다. "도대체 어떻게 된 일입니까? 나는 아무것도 가진 것이 없어 여기 오게 되었는데 갑자기 나를 왕으로 받아들이다니, 이게 어찌된 일인지요?"

그 남자는 "사실 우리들은 살아 있는 인간이 아니고 영혼입니다. 일 년에 한 번, 살아 있는 인간이 이 섬에 와서 우리의 왕이 되어주기를 바라고 있었지요. 그러나 일년이 다 되면 당신은 여기서 추방되어 생물도 음식물도 없는 무인도에 홀로 보내질 것입니다."하고 말했다.

왕이 된 노예는 "말해 줘서 정말 감사합니다. 그러면 이제부터 일 년 후를 위한 준비를 해야겠군요."라고 하면서 그에게 감사했다. 그래서 그는 사막과 같은 섬에서 꽃도 심고 과일 나무도 심으면서 앞으로 다가올 일 년 뒤를 준비하기 시작했다.

일 년이 지나자 섬에서 추방되었다. 지금까지는 왕으로 보냈지만 역시 왔을 때와 똑같이 거지인 채로 죽음의 섬으로 보내졌다. 도착해 보니 못쓰던 땅은 온갖 열매와 야채가 자라나 아주 살기 좋은 땅이 되어 있었다. 또한 그보다 먼저 추방되었던 사람들이 따뜻하게 그를 맞아 주었다. 그리하여 거기서 그는 사람들과 행복하게 살아 갈 수 있었다.

이 이야기 속에는 여러 가지 뜻이 담겨 있다. 우선 처음의 친절한 부자는 자비로운 하나님을, 노예는 인간의 영혼을, 그가 갔던 처음의 섬은 현세를, 거기에서 살고 있던 영혼들은 인류를, 일 년 후에 갔던 황폐한 섬은 죽은 후에 가게 될 내세를, 거기에 있던 야채와 과일은 선행을 나타낸다.

육체와 영혼

왕은 오차라고 하는 아주 맛있는 열매가 열리는 나무를 가지고 있었다. 그것을 지키도록 두 사람의 파수꾼을 고용했다. 한 사람은 장님이고 또 한 사람은 절름발이였다.

그런데 두 사람은 흑심을 품고 함께 공모하여 그 나무의 열매를 훔치자고 논의했다. 장님은 절름발이를 자기의 어깨 위에 태우고, 절름발이는 장님에게 방향을 가르쳐주어 그 맛있는 과일을 마음대로 훔쳤다. 왕이 크게 노하여 두 사람을 힐책하자, 장님은 자기는 볼 수가 없으므로 도둑질 할 수가 없다고 하고, 절름발이는 그렇게 높은 곳에는 올라갈 수 없으므로 자기는 범인이 아니라고 말했다.

왕은 그건 그건 확실히 그렇다고 인정하면서도 두 사

람의 말을 완전히 믿지는 않았다. 어쨌든 두 사람의 힘
은 한 사람의 힘보다 훨씬 크다.

육체만으로는 인간은 아무것도 할 수 없으며, 영혼만
으로도 아무것도 할 수 없다. 이 두 개가 합쳐지면 나쁜
일이건 좋은 일이건 무슨 일이든지 할 수 있다.

분실물

어떤 랍비가 로마에 여행을 왔는데 마침, 거리에는 포고문布告文이 붙어 있었다. 거기에는 "왕비께서 대단히 값비싼 패물을 잃어버리셨다. 30일 이내에 그것을 발견한 자에게는 막대한 상금을 내리겠으나, 30일 이후에 그것을 가지고 있다가 발견된 자는 사형에 처하겠노라."라고 씌어 있었다.

랍비는 우연히 그 패물을 발견하여 31일째 되는 날 그것을 가지고 왕궁으로 가서 왕비 앞에 내놓았다. 그러자 왕비가 랍비에게 "당신은 30일 전에 포고문을 게시했을 때 이곳에 있었습니까?"하고 물었다. 그러자 랍비는 "네"하고 대답했다. 왕비는 "30일이 지난 후에 그것을 가져오면 어떤 벌을 받게 되는지도 알고 있었겠지요?"하고 물었다. 그는 또 "네"하고 대답했다.

그녀는 "그렇다면 어찌하여 30일이 되기까지 그것을 가지고 있었습니까? 만약 어제 이것을 가져왔다면 후한 상을 받았을 텐데, 당신은 목숨이 아깝지도 않습니까?" 하고 물었다.

그러자 그는 "30일 이전에 이것을 돌려 주었다면, 사람들은 내가 당신을 두려워하거나 당신에게 경의를 표하고 있기 때문에 돌려 주는 것이라고 생각할 것입니다. 내가 오늘까지 기다렸다가 돌려 주러온 것은 내가 결코 당신을 두려워하지 않으며, 내가 두려워하는 것은 오직 하느님뿐이라는 것을 사람들에게 가르치려고 했던 것입니다."하고 대답했다.

이 말을 들은 왕비는 자세를 바로 하면서 "그와 같이 훌륭한 하느님을 섬기고 있는 당신에게 깊은 경의를 표합니다."라고 말했다.

철학과 지혜의 그릇-탈무드

희망

랍비 아키바가 여행을 하고 있었다. 그는 당나귀와 개와 작은 램프를 가지고 있었다. 땅거미가 내리자 아키바는 오두막 한 채를 발견했는데 몹시 피곤했으므로 거기서 잠을 자려고 하였다. 그러나 아직 자기에는 이른 시간이었으므로 그는 램프를 켜고 책을 읽기 시작했다. 잠시 후 바람이 불어 램프가 꺼져 버리자, 하는 수 없이 그는 책 읽기를 단념하고 잠을 청했다. 깊은 밤이 되자 이리가 와서 옆에 있던 개를 죽이고, 사자가 와서 당나귀를 죽였다.

아침이 되자 그는 램프를 가지고 홀로 터덕터덕 출발했다. 이윽고 어떤 마을에 이르게 되었는데, 그는 전날 밤 도둑들이 나타나서 그 마을을 다 불지르고 마을 사람들을 모두 죽였다는 것을 알았다.

간밤에 만약 램프가 꺼지지 않았다면 그도 도둑에게 발견되었을 것이다. 그리고 개가 살아 있었다면 개 짖는 소리에 도둑에게 발견되었을지도 모른다. 당나귀도 역시 시끄럽게 했을 것임에 틀림없다. 결국 모든 것을 잃은 덕택에 그는 도둑에게 발견되지 않았고 목숨도 건진 것이었다.

랍비는 "인간은 최악의 상태에서도 희망을 잃어서는 안 된다. 나쁜 일도 좋은 일도 변할 전화위복轉禍爲福이 있다는 사실을 알아야 합니다."라고 말했다.

마음

인간의 기관은 마음에 의해 좌우되고 있다. 마음은 보고, 듣고, 걷고, 서고, 기뻐하고, 강건해지고, 부드러워지고, 탄식하고, 두려워하고, 교만해지고, 사람에게 설득되고, 사랑하고, 미워하고, 탐구하고, 반성한다.

가장 강한 인간은 자신의 마음을 조절할 수 있는 인간이다.

기도

어떤 배에 각국에서 모인 사람들이 타고 있었다. 갑자기 폭풍우가 몰아쳤다. 사람들은 제각기 자기 나라의 신에게 자기들의 방식대로 기도했다. 그러나 폭풍우는 점점 더 심해졌다.

사람들이 유태인에게 "당신은 왜 기도하지 않는 거요?"라고 말하자 유태인도 기도하기 시작하였다. 그러자 폭풍우가 멎었다.

배가 항구에 도착했을 때 사람들은, "우리들이 온갖 정성으로 기도했을 때는 이루어지지 않았는데, 어떻게 해서 당신이 기도하니까 금방 폭풍우가 멎었을까요?"라고 물었다. 유태인은, "나도 잘 모릅니다만 어쨌든 여러분은 모두 제각기 여러분들 나라의 신에게 기도했습니다. 바빌로니아인은 바빌로니아의 신에게 기도했고, 로마인은 로마의 신에게 기도했습니다. 그러나 바다는 어느 나라에도 속해 있지 않습니다. 나의 신은 전우주를 지배하는 넓고 크신 신이므로 바다에서 내가 했던 기도도 들어 주셨던 것 같습니다."라고 말했다.

시집가는 딸에게, 현명한 어머니가

내 딸아, 네가 만약 네 남편을 왕처럼 존경한다면, 네 남편은 너를 여왕처럼 섬길 것이다. 만약에 네가 하녀처럼 처신한다면, 남편도 너를 하녀처럼 취급할 것이다. 네가 만약 자존심 때문에 그에게 봉사하는 것을 싫어한다면, 그는 폭력을 사용하여 너를 하녀와 같이 다룰 것이다.

만약 네 남편이 친구의 집을 방문하고자 한다면 목욕하고 정장을 시킨 뒤에 보내야만 한다. 만약 남편의 친구들이 집에 놀러온다면 극진하게 대접해야만 한다. 그렇게 하면 남편은 더욱 너를 소중히 여길 것이다. 언제나 가정에 마음을 기울이고, 남편의 물건을 소중히 여겨라. 그렇게 하면 기뻐서 너의 머리 위에 관을 씌워 줄 것이다.

숫자

내가 말을 잘못하여 어떤 사람에게 해를 입혔다
고 가정하자. 다음에 그와 만나게 되었을 때, "지난번엔
너무 실례가 많았습니다. 실은 당신을 해칠 생각은 추호
도 없었습니다."라고 사과할 수도 있다. 그래도 상대방
이 용서해 주지 않을 때는 어떻게 해야 하는가?

유태인은 열 명의 사람들에게, "나는 요전에 어떤 사
람에게 이러이러한 실례의 말을 하여, 그 뒤에 잘못을
사과하러 갔으나 그는 받아주지 않았습니다. 나는 진정
으로 내가 나빴다고 생각하고 있습니다. 여러분께서는
내 행위를 용서해 주실 수 있습니까?"라고 물어서 그 열
사람이 모두 용서해 주면 용서받은 것으로 간주한다.

모욕을 당한 상대방이 죽어서 사과할 수 없는 경우에
는 열 명의 사람을 그의 무덤 앞에 불러놓고, 무덤을 향

해 서서 사람들에게 용서를 빌지 않으면 안된다.

열 명이라는 수가 나오게 된 동기는 유태교에서는 기도할 때 열 사람이 있지 않으면 기도가 성립되지 않았던 것에서 유래한다. 아홉 명 이하는 개인이며, 열 명이 되어야 비로소 집단이 된다.

정치적인 결정이 아닌, 종교적인 공식 결정은 어떤 경우에도 열 사람이 있어야 한다. 결혼식에도 사적인 결혼식과 공적인 결혼식이 있는데, 공적인 결혼식에는 열 사람 이상 참석하지 않으면 안된다.

그밖에 동양에서처럼 4라든가 9라든가 특별히 싫어하는 숫자는 없다.

날짜 가운데 나쁜 날은 있다. 여름의 어떤 특정한 날에 역사적으로 나쁜 일이 많이 일어났다. 예루살렘에 있는 두 개의 사원은 모두 5백 년쯤 전에 지어진 것인데, 두 사원이 모두 같은 날에 불에 타 없어졌다.

1492년 스페인에서 가톨릭 교도들에 의해 유태인이 추방된 것도 같은 날이다. 모세가 십계를 파괴한 것도 같은 날이다. 개인적으로는 내가 최초로 직업을 잃게 된 것도 같은 날이다.

헤브라이어의 달력에서 '아' 자가 들어 있는 달의 9일째, 대개 8월 1일 무렵인데 그날은 아무것도 먹어서는 안되며 마셔도 안된다. 해가 떠서 질 때까지 아무것도 입에 대서는 안된다.

교회 안에서는 언제나 의자에 앉게 되어 있으나, 이날은 바닥에 앉는다. 부친이 사망했을 경우와 마찬가지다. 유태인은 아주 슬픈 경우에는 의자에 앉지 않고 바닥에 앉는다. 장송곡을 울리며 촛불을 켜놓고 일을 한다. 이날은 어디를 가든지간에 가죽신발을 신으면 안된다.

잘 아시다시피 가죽신발은 자아自我의 상징이었다. 회교도가 회교의 사원에 들어갈 때 신발을 들고 들어가는 것은 유태의 관습을 따른 것이다. 유태에서도 자기 부친이 사망했을 때 일주일 동안은 절대로 신발을 신어서는 안되며, 또 자기 자신의 일을 생각해서도 안된다. 거울을 보게 되면 아무래도 거기에 비친 자기 얼굴을 보면서 자기의 일을 생각하기 쉬우므로 모두 떼어 버린다. 신발을 벗는 것은 자기보다도 더 위대한 것이 있음을 생각하고 있기 때문이다.

신년 들어 10일째도 유태의 가장 성스런 날로, 이 날도 신을 신지 않는다. 이 날은 유태인이 독립하기까지는 참으로 슬픈 날이었다. 사원이 파괴되었다는 것은 독립을 잃었다는 것이 된다. 이스라엘이 독립한 이래 이 날이 가장 슬퍼해야 할 날이었다(마침내 이스라엘도 독립했으므로 이 날은 폐지되어야 한다는 의견도 있다).

사랑

솔로몬 왕에게는 매우 총명하고 아름다운 공주가 있었다. 어느 날 그는 꿈을 꾸었는데 공주의 남편이될 사람은 딸에게는 어울리지 않는 악한 남자라는 것을 예감했다. 그래서 솔로몬은 공주를 한 작은 섬으로 데리고 가서 그곳에 있는 별장에 가두고, 그 주위에 높은 담을 쌓은 다음 많은 군사들로 하여금 이를 지키게 했다. 그리고 나서 그는 별궁의 열쇠를 가지고 돌아와 버렸다.

그런데 솔로몬 왕이 꿈에서 본 남자는 어떤 황야에서 홀로 방황하고 있었다. 밤이 되어 날씨가 추워지자 그는 사자들의 시체가 있는 곳으로 가서 그 가죽 속에 들어가 잠을 잤다. 그때 큰 새가 날아와서 사자 가죽째로 그를 들어올려 날아가다가 공주가 갇혀 있는 성 위에 떨어뜨렸다. 그래서 그는 공주와 만나 사랑을 하게 되었다.

사랑이란 것은 모든 것을 초월하며, 아무리 멀리 떨어진 외딴 섬으로 데려가서 가둬 놓는다 해도 아무 소용이 없다.

언제고 일어날 일은 반드시 일어나고야 만다.

꿈

어떤 사나이가 이웃집 부인에게 정욕을 품고 있
었다. 어느 날 밤 그는 결국 성관계를 갖는데 성공하는
꿈을 꾸었다. 탈무드에 의하면 그것은 길조이다.

왜냐하면 꿈은 하나의 원망願望의 표현이므로 실제로
관계를 가졌다면 꿈을 꿀 리가 없기 때문이다. 꿈을 꾸
었다는 것은 그만큼 자신을 억제하고 있다는 증거이며,
그것은 대단히 좋은 일이다.

바보가 되는 부모

어떤 남자가 유서를 쓰기를 "내 아들에게 재산을 전부 물려 주는데 단 아들이 진짜 바보가 되지 않으면 상속할 수 없다."고 했다.

랍비가 와서 "당신은 이상스러운 유서를 써놓았군요. 당신의 아들이 바보가 되지 않으면 재산을 물려 주지 않겠다는 것은 무슨 이유입니까?"하고 물었다. 그러자 그 남자는 갈대를 하나 입에 물고 이상한 울음소리를 내면서 마루 위를 엉금엉금 기어다니기 시작했다.

그의 행동은 자기 아들에게 자식이 생겨서 그 자식을 기르게 되면 자기 재산을 물려 주겠다는 것이다. "자식이 생기면 사람은 바보가 된다."하는 속담은 여기에서 생겨났다.

유태인에게 있어서 자식은 대단히 귀중한 존재이며

부모는 자식을 위해서는 어떠한 것도 희생한다.

하느님은 유태 민족에게 십계명을 내려 주면서 반드시 그것을 지키겠다는 약속을 받아내고자 하였다.

우선 유태인은 그들의 위대한 조상 야곱의 이름으로 맹세하고자 하였으나 하나님은 승낙하지 않았다.

그래서 이번에는 유태인의 손에 들어오는 모든 재산을 걸고 맹세하고자 하였으나 이것 역시 거부되었다. 또 모든 랍비의 이름으로 맹세하고자 하였으나 이것도 거부되었다.

마지막으로, 자식들에게 십계명을 반드시 전해 줄 것이므로 그 자식들의 이름으로 맹세한다고 하자 하느님은 비로소 좋다고 하였다.

교육

매우 훌륭한 랍비가 한 마을에 두 명의 시찰관視
察官을 보냈다. 시찰관들이 이 도시를 지키고 있는 사람
들과 만나 잠깐 조사를 했으면 한다고 말하자, 그 도시
의 경찰관 중에서 가장 높은 사람이 나왔다.

시찰관들이 "아니오, 틀립니다. 우리들은 도시를 지키
는 사람들을 만나고 싶습니다."라고 말하자, 이번에는
도시의 수비대장이 나왔다.

두 랍비는 "우리가 만나고 싶은 사람은 경찰서장이나
수비대장이 아니라 학교의 교사입니다. 진실로 도시를
지키는 것은 교사입니다."라고 말했다.

공로자

어떤 왕이 병이 들었는데 세상에서도 드문 이상한 병病이었다. 의사가 최후의 처방을 내렸는데 그것은 암사자의 젖을 먹는 것이었다. 그러나 어떻게 암사자의 젖을 구해 오는가가 문제였다.

어떤 지혜로운 한 남자가, 그 소식을 듣고 사자가 살고 있는 동굴에 가까이 가서 매일 사자에게 새끼사자를 한 마리씩 주었다.

그렇게 열흘 정도가 지나자 암사자와 그는 아주 친해졌다. 그래서 왕의 약으로 쓸 사자의 젖을 조금 얻을 수 있었다.

한데 왕궁으로 돌아오는 도중에 그는 자기 몸의 여러 부분 가운데 어떤 부분이 가장 중요한가에 대한 논쟁이었다.

다리는 만약 자기가 없었다면 사자가 있는 곳까지 갈 수 없었을 것이라고 말했으며, 눈은 자기가 없었다면 이제까지 살아 있을 수도 없었을 것이라고 말했다.

그때 혀가 별안간 외쳤다.

"내가 아니라면 너희들은 아무 짝에도 쓸모가 없었을 거야."

그러나 몸의 다른 부분들이 일제히 "뼈도 없고, 전혀 쓸모도 없는 조그만 것이 건방진 말을 하는구나."하면서 혀의 말을 가로막았다.

남자가 궁궐에 도착했을 때, 혀는 불쑥 "누가 제일 중요한지를 깨닫게 해주겠다."고 말했다. 왕이 남자에게 "이 젖은 무슨 젖인가?" 하고 묻자, 남자는 느닷없이 "개의 젖입니다."라고 대답했다.

몸의 다른 부분들은 그제야 혀의 힘이 얼마나 강한지를 깨닫고, 혀에게 모두 사과했다.

혀는 사과를 받은 뒤 "아닙니다. 그건 제가 잘못 말한 것입니다. 이것은 진짜 암사자의 젖입니다."하고 말했다.

중요한 부분일수록 자제심을 잃으면 어처구니없는 결과를 가져오게 된다는 것을 이야기하고 있다.

강자

약하면서도, 강한 자를 위태롭게 하는 것이 네 가지
있다. 모기는 사자를 위협하고, 거머리는 코끼리를 위협
하고, 파리는 전갈을 위협하고, 끈끈이 거미는 매를 두
려워하게 만든다.

크고 힘이 강하다고 하여 약자에게 모두 무서운 것이
라고 말할 수는 없다. 또 아주 약한 것이라도 어떤 조건
이 맞으면 강하게 될 수 있다.

칠계명

탈무드 시대의 유태인은 곧잘 이방인과 함께 일도 하고 생활을 하기도 했다.

유태인에게는 천사가 지키라고 명한 613개의 계명이 있다. 그러나 유태교에서는 결코 이방인을 유태인화하려고 하지 않기 때문에 선교사를 보내거나 하지는 않았다. 다만 서로 평화로운 관계를 유지하기 위해 이방인에게는 지켜야 할 7개의 계명을 주었다.

1. 살아 있는 동물을 죽여 금방 그 날고기를 먹지 말라.
2. 남을 욕하지 말라.
3. 도둑질하지 말라.
4. 법을 지켜라.

5. 살인하지 말라.

6. 근친 상간을 하지 말라.

7. 간음하지 말라.

신 1

하루는 어떤 로마인이 랍비를 찾아왔다.

"당신들은 하느님에 관한 이야기만 하고 있는데, 하느님이 어디에 있는지 좀 가르쳐 주시겠소? 어디에 있는지만 가르쳐 주면, 나도 그 하나님을 믿겠소."

랍비는 짓궂은 로마인의 질문을 불쾌하게 여겼다.

랍비는 로마인을 밖으로 데리고 나와 태양을 가리켰다. "저 태양을 똑바로 쳐다보시오." 로마인은 힐끗 태양을 쳐다보면서 "그런 바보 같은 소리 마시오. 눈부신 태양을 어떻게 똑바로 쳐다볼 수가 있단 말이오."하고 외쳤다. 그러자 랍비는 "당신은 하느님이 만들어 놓은 많은 사물 가운데 하나인 태양조차도 볼 수가 없으면서, 어떻게 위대한 하느님을 한 눈에 볼 수 있겠소?"하고 말했다.

작별 인사

어떤 사람이 있었다. 그는 오랫동안 여행을 했기 때문에 몹시 피곤하고 허기져 있었다. 그는 오랫동안 사막을 지나온 후에 간신히 나무들이 있는 오아시스에 도착했다.

그는 나무 그늘에 앉아서 나무 열매로 배를 채우고, 앞에 있는 물을 마시며 그동안 쌓인 피로를 풀었다. 그러나 그는 여행을 계속하기 위해 금방 출발해야만 했다.

그는 그 나무에게 아주 고마워하면서 "나무야, 고맙다. 너에게 보답을 하고 싶은데… 너의 열매를 달게 해달라고 기도할래도 열매는 이미 충분히 달콤하고, 시원한 그늘을 갖도록 해달라고 할래도 너의 그늘은 이미 아주 시원하구나. 너의 뿌리가 더욱 튼튼해지도록 근처에 물이 솟게 해달라고 할래도 물도 이미 충분히 있구나.

내가 너를 위하여 기도할 수 있는 것은, 네가 가능한 한 많은 열매를 맺어 그 열매가 많은 나무가 되고 너처럼 아름답고 훌륭한 나무로 자라기를 바라는 것뿐이란다." 하고 말했다.

당신과 이별할 사람에게 무언가 기원해 주고자 할 때, 그 사람이 현명해지라고 말하지 않아도 이미 충분히 현명하고, 많은 돈을 벌게 해달라고 말하지 않아도 이미 아주 부자이고, 착하고 고귀한 사람이 되게 해달라고 말하지 않아도 이미 훌륭한 인격을 가지고 있을 때, 당신은 "당신의 아이들도 당신과 같이 훌륭하게 성장하기를 바랍니다." 하고 기원하는 것이 가장 바람직하다.

여섯째 날

성서에 의하면 세상은 첫째날, 둘째날, 셋째날….
의 순서에 따라 만들어졌으며, 인간은 여섯째날 완성되
었다. 그 최후의 여섯째날에 만들어졌다. 왜 인간은 그
최후의 6일째에 만들어졌을까? 그것을 당신은 어떻게
해석하는가?

탈무드에 의하면 파리 한 마리라도 인간보다 먼저 만
들어진 것을 생각하면 인간은 교만해지지 않을 것이라
했다. 인간에게 자연에 대한 겸허함을 가르치기 위해서
이다.

향료

어느 안식일(토요일) 오후에 로마 황제가 평소 가까이 지내고 있던 랍비를 찾아갔다.

그날 황제가 미리 연락도 하지 않고 갑자기 방문했기 때문에 미처 랍비의 집에서는 황제를 맞이할 준비가 되어 있지 않았다. 그러나 음식 맛은 기가 막혔고 식탁 둘레에서는 사람들이 즐겁게 노래를 부르며 탈무드에 나오는 이야기들로 즐거워했다.

황제는 아주 즐거운 나머지 수요일에 다시 찾아오고 싶다고 말하였다.

수요일이 되었다. 황제가 와서 보니 사람들은 성대하게 준비를 해놓고 그를 기다리고 있었다. 가장 좋은 그릇에다 음식을 준비해 놓고 안식일에는 쉬었던 하인들까지 전부 나와 대접을 하였다. 또한 지난번에는 요리사가 쉬어 식은 음식밖에는 차릴 수가 없었는데 오늘은 더운 음식이 차려져 있고 정성이 담긴 음식이 끊이지 않고 계속 나왔다.

그런데 황제는 "음식은 역시 지난번 것이 더 맛있었는데, 저번 요리에는 어떠한 향료를 썼소?"하고 물었다.

"로마의 황제도 그날 그 때의 향료는 구하실 수 없을 겁니다."하고 랍비가 말하였다.

황제는 "아니오. 로마 황제가 구할 수 없는 것은 이 세상에는 없소."하고 자신있게 말했다.

그러자 랍비는 "폐하께서는 로마의 황제이시지만 유태인의 안식일이라는 향료만은 아무리 애쓰셔도 구하실 수가 없습니다.'하고 말했다.

도로 찾은 지갑

상인商人이 시장에 물건을 사려고 왔는데 며칠 뒤에 바겐 세일이 있다는 소식을 듣고 그는 물건 사는 것을 며칠 연기하기로 했다.

그러나 그는 거액의 현금을 지니고 있었으므로 그것을 여관에 그냥 둔다는 것은 안심이 되지 않았다. 그래서 인적이 드문 곳으로 가서 가지고 있던 돈을 모두 묻었다.

그런데 다음날 그곳에 가보니 돈이 감쪽같이 없어졌다. 그는 아무리 생각해 보아도 자기가 돈을 감추는 것을 본 사람이 없었는데 어떻게 해서 돈이 없어졌는지 도대체 알 수가 없었다.

그런데 거기서 좀 떨어진 곳에 집이 한 채 있었다. 상인은 그 집의 벽에 구멍이 뚫려 있는 것을 발견했다. 그는 그 집에 사는 사람이 그 돈을 파묻는 것을 구멍으로 내다보고서 나중에 꺼내 갔음이 틀림없다고 생각했다.

그는 그 집으로 가서 거기에 살고 있는 주인 남자를 만났다. "당신은 도시에 살고 있으니 저보다는 머리가 좋을 것입니다. 당신의 지혜를 좀 빌려 주십시오. 나는 사실 물건을 사러 여기까지 왔는데 올 때 돈 보따리를 두 개 갖고 왔습니다. 보따리 하나에는 은화가 5백 개 들어 있고, 또 나머지 보따리에는 8백 개가 들어 있었지요. 나는 5백 개가 들어 있는 지갑을 어떤 곳에 몰래 파묻어 두었습니다. 나머지 큰 것도 같이 파묻어 두는 것이 좋겠습니까? 아니면 믿을 만한 사람에게 맡기는 것이 좋을까요?"하고 그가 물었다.

주인 남자는 "나는 어느 사람이든 믿지 않습니다. 내가 당신이라면 나는 작은 지갑을 묻었던 바로 그곳에 큰 지갑도 묻어 두겠소."라고 대답했다.

욕심 많은 남자는 상인이 자기 집에서 나간 것을 확인한 후에, 자기가 가져왔던 지갑을 전에 묻혀 있던 곳에

다 다시 묻어 놓았다.

그 후 상인은 다시 자기의 돈을 찾는 데 성공했다.

솔로몬 왕의 재판

솔로몬은 지혜가 뛰어나기로 유명한 왕이다.

어느 안식일에 유태인 셋이 예루살렘으로 갔다. 당시에는 은행이 없었으므로 셋은 가지고 있던 돈을 인적이 드문 곳에 묻어 놓았다. 그런데 세 사람 중 하나가 그 돈을 몽땅 파내어 가버렸다.

그 이튿날 그들은 지혜의 왕으로 알려진 솔로몬 왕에게 나아가 세 사람 가운데 누가 돈을 훔쳤는지 알아내 달라고 하였다. 솔로몬 왕은 "그대들 셋은 아주 슬기로운 사람들이니 우선, 지금 내가 재판을 하고자 하는 까다로운 문제를 해결해 주기를 바란다."하고 말했다.

어느 처녀가 한 남자와 결혼을 약속했다. 얼마쯤 지나 그 처녀는 다른 남자와 눈이 맞아 먼저 결혼을 약속한 남자에게 가서 헤어지자고 제의했다. 그녀는 헤어지는 조건으로 위자료를 지불해 주겠다고 말했다. 그러나 그 남자는 위자료 같은 것은 소용없다고 하면서 이혼에 동의했다.

원래 그 처녀는 부모에게서 물려받은 재산이 많았다. 그러던 와중에 어느 노인에게 유괴 당하는 사건이 일어났다. "내 약혼자에게 파혼하자고 하였더니 위자료도 받지 않고 약혼을 취소해 주었는데 당신도 마찬가지로 나를 그냥 놓아 주시겠죠?"노인은 여자의 요구대로 돈을 받지 않고 놓아주었다.

이 가운데서 누가 가장 현명한 사람이냐고 솔로몬 왕이 물었다.

첫 번째 남자는 "약혼을 하였다가 위자료도 받지 않고 파혼을 허락해 준 남자가 가장 칭찬을 받을 만합니다. 여자의 의견을 누르면서까지 결혼하려 하지 않았고 돈도 한푼 받지 않기 때문입니다."하고 말했다.

두 번째 남자는 "아니지요, 그 처녀야말로 칭찬을 받아 마땅합니다. 그 여자는 대담하게 먼젓번 남자와의 파혼을 제의하였고 진정으로 사랑하는 남자와 결혼하였으므로 그러합니다."하고 말했다.

세 번째 남자는 "이 이야기는 도무지 종잡을 수 없는 이야기군요. 노인의 경우를 보더라도 돈을 받아내기 위해 유괴했을 텐데 그냥 놓아 준다는 것은 앞뒤가 맞지 않는 이야기입니다."하고 말했다.

그러자 솔로몬 왕은 "돈을 훔친 자는 바로 네 놈이다!"하고 소리치며 꾸짖었다. 그리고 "네 일행 가운데 다른 두 사람은 애정이나 두 약혼자 사이의 인간 관계나 그들 사이에 부풀어 있는 감정에 관심을 쏟고 있는데, 네 놈은 오직 돈만 따지고 있으니 네가 범인임에 틀림없다."하고 말했다.

상업

유태의 역사는 대단히 길다. 성서 시대의 유태사회는 농업을 주로 하는 농경사회農耕社會였다. 따라서 교역交易은 그다지 성행하지 않았으며, 상인이라는 말은 이방인이라는 말과 같은 뜻으로 사용되었다. 유태인은 거의 자기 고장에서는 물건을 사고팔지 않았다. 유태인이 상업에 종사할 때에는 계량을 정확히 하고, 물건을 속이지 말라든지 하는 간단한 도덕이 있었을 뿐이다.

그러나 탈무드 시대가 되면서부터 교역 또는 상업이 꽤 발달하게 되어 탈무드도 상업에 커다란 관심을 보이기 시작했다. 탈무드를 쓴 사람들은 세계가 점차 발달해 간다고 생각하면서, 교역이 아주 발달한 세계가 되는 것을 하나의 증거로 보았다. 그래서 상업 활동을 함에 있어 어떠한 도덕을 지켜야 하는가 하는 문제에 많은 지면을 할애하고 있다.

나는, 탈무드를 편찬했던 사람들이 장차 상업이 세계에서 가장 중요한 역할을 수행할 것이라고 예견했던 것은 선견지명先見之明이 있었던 것이라고 생각한다. 그들은 장차 그러한 세계가 올 것을 예견하고 여러 가지로 대비하려 했었다. 그들은 상업의 세계에서는 상업에 대한 고려가 원칙이 되며, 따라서 상업의 규범은 일반 생활의 테두리 밖에 있는 특별한 것이어야 한다고 생각했다. 그러므로 상업은 탈무드적인 세계는 아니다. 그것은 아무리 경건한 사람일지라도 상업은 상업으로써 행하면 족하다고 말해야 하기 때문이다.

그러나 탈무드는 어떻게 해야 도덕적인 사업가가 될 수 있는가 하는 것을 생각하고 있는 것이지, 결코 어떻게 하면 좋은 사업가가 될 수 있는가 하는 문제를 기록하고 있지는 않다. 그것은 탈무드가 자유방임주의自由放任主義적인 상업 활동에 반대하고 있는 것을 보아도 알 수 있다.

예를 들면 물건을 사는 사람은 특별한 보증이 없는 경우에도 산 물건이 좋은 품질일 것을 요구할 권리가 있다. 물건을 사는 데 있어 결함이 있더라도 반품할 수 없다는 조건을 붙여 판 경우에도, 산 사람은 그 상품에 결함이 있는 경우 그 상품을 반품할 권리가 있다.

　하나의 예외는, 사는 사람이 상품에 결함이 있는 것을 알고서도 산 경우이다. 예를 들어, 자동차를 팔 경우에 이 차에는 엔진이 없다고 처음부터 말하고 판다면 그때에는 반품을 받지 않아도 된다. 탈무드에는 결함이 있는 상품을 파는 경우에는 그 결함을 구체적으로 상대방에게 설명하지 않으면 안 된다고 씌어 있다. 따라서 물건을 사는 사람은 우선 결함, 사기 및 판매자가 발견하지 못한 결점으로부터 보호된다.

　물건을 판다고 하는 것은 두 가지의 요소로 성립된다. 하나는 그 물건의 대가를 지불하는 것, 또 하나는 그 물건을 운반하는 것이다. 왜냐하면 판매자에게는 구매자의 손에 상품이 안전하게 도착되도록 할 의무가 있기 때

문이다. 그것은 또한 탈무드는 어디까지나 구매자의 편
에서 서기 때문이다. 또 판매자는 그 물건을 확실히 갖
고 있어야 한다. 남의 물건을 팔거나 하면 안되기 때문
이다.

매매

유태 사회에서는 탈무드 시대부터 계량計量을 감독하는 관리가 있었다. 토지를 재는 줄자도 여름과 겨울에는 각기 다른 것을 사용했다. 그것은 줄이 기온에 따라 늘어나거나 줄어들기 때문이다. 또 액체를 파는 경우, 항아리 바닥에 전에 담았던 액체가 굳어 남아 있어서는 안되기 때문에 늘 항아리의 밑바닥을 깨끗이 하도록 엄하게 감독했다.

물건에 따라서는 물건을 사고 나서 하루 내지 일주일 동안 사람들에게 보여 의견을 들을 권리가 구매자에게 있었다. 그것은 자기가 전혀 알지 못하는 물건을 사는 경우, 구매자는 그것을 올바르게 판단할 수 없기 때문이다.

탈무드 시대에는 하나의 결정된 가격이 존재하지 않았다. 오늘날에는 어떤 차車는 얼마라는 것이 정해져 있지

만, 당시에는 판매자가 마음대로 값을 매겼다. 상식적인
값보다 6분의 1 이상 비싸게 매긴 가격으로 산 경우, 예
를 들어 보통 6백 원에 팔리고 있는 것을 8백 원에 산 경
우에 이 매매는 무효라고 하는 것이 탈무드의 통례이다.

또한 판매자가 계량을 잘못한 경우에 구매자는 다시
올바르게 계량해 달라고 요구할 권리가 있다.

판매자를 보호하기 위해, 구매자가 살 의사가 없을 때
에는 흥정을 하면 안 된다고 되어 있다. 또한 다른 사람
이 이미 살 의사를 표시하고 있는 물건도 사서는 안된다
고 규정되어 있다.

토지

랍비 두 사람이 같은 토지를 사려 하고 있었다. 한 랍비가 그 토지의 값을 흥정하고 있었다. 그러나 또 한 명의 랍비가 와서 그것을 간단히 사버렸다.

그러자 먼저 토지를 사러 왔던 랍비가 나중에 왔던 랍비 집에 가서 "어떤 사람이 과자를 사려고 과자 파는 집에 들렀는데, 다른 사람이 먼저 와서 그 과자의 품질을 살피고 있었습니다. 그때 나중에 온 사람이 그 과자를 사버렸다면 그 사람의 행동은 잘한 것입니까? 잘못한 것입니까?"하고 묻자, 그 랍비는 "그것은 나쁜 일임에 틀림없습니다."라고 대답했다.

그러자 나중에 온 랍비는 "당신이 토지를 살 때, 당신보다 먼저 온 사람이 있었습니다. 그 사람은 가격을 흥정하고 있는 중이었습니다. 그런데 당신은 그런 일을 해도 괜찮습니까?"하고 물었다.

그리하여 이 문제를 어떻게 해결해야 좋을지 의논을
하기 시작했다.

첫째 해결책을 제안된 것은, 그 랍비가 토지를 처음의
랍비에게 다시 파는 것이었다. 그러나 그 랍비는 "안 됩
니다. 나는 물건을 사서 곧 다시 팔면 재수가 없소."하고
거절했다.

둘째 해결책은 먼저 온 랍비에게 그 토지를 선물하는
것이었는데, 먼저 온 랍비는 토지를 선물로는 받을 수
없다고 말했다.

결국 그 랍비는 토지를 학교에 기부하였다.

여객선의 손님들

배가 항해航海를 하고 있는 도중에 갑자기 바람이 거세어지고 파도가 높아지면서 바다가 거칠어져서 배는 항로를 벗어나고 말았다. 이튿날 아침이 되자 바다는 잠잠해져 있고 배는 아름다운 포구가 있는 어느 섬에 닿아 있었다. 배는 닻을 내리고 잠시 쉬기로 했다.

그 섬에는 아름다운 꽃들이 많이 피어 있고, 맛있어 보이는 과일이 나무에 주렁주렁 매달려 있으며, 나무는 초록의 숲을 이루고 새들이 즐겁게 지저귀고 있었다.

배에 탔던 사람들은 다섯 무리로 나뉘어졌다.

첫째 무리의 사람들은, 자기들이 섬에 올라와 있는 동안에 바람이 불어 배가 떠나 버릴지도 모르므로 비록 섬이 아름답기는 하지만 목적지에 빨리 돌아가고자 하는 마음에 상륙하지 않고 배에 그대로 남아 있었다.

둘째 무리의 사람들은 급히 섬으로 올라가 향긋한 꽃 향기를 맡으며 나무 그늘 아래에서 맛있는 과일을 먹고 힘을 되찾아 곧 배로 되돌아왔다.

셋째 무리의 사람들도 상륙했는데, 그들은 섬에 너무 오래 머물러 있었기 때문에 마침 바람이 불어 배가 출항하려고 할 때에야 급히 서둘러 돌아왔다. 그러나 가지고 있던 물건도 모두 버리게 되고, 배의 좋은 자리도 모두 놓쳐 버렸다.

넷째 무리는 바람이 불어 선원들이 닻을 올리는 것을 보면서도 아직 돛을 펴지 않았다거나, 설마 선장이 자기들을 두고 그냥 떠나겠느냐며 여전히 섬에 남아 있었다.

그러나 실제로 배가 섬을 떠나기 시작하는 것을 보고서야 허둥지둥 헤엄을 쳐서 배에 올랐다. 그 때문에 몸이 바위와 배의 난간에 부딪혀 상처를 많이 입었고, 그 상처는 항해가 끝날 때까지도 낫지 않았다.

다섯째 무리는 먹기도 많이 먹고 아름다운 섬에 도취

되어 있었기 때문에 배가 떠날 때 울리는 뱃고동 소리도 듣지 못했다. 결국 숲 속 맹수에게 물려 죽기도 하고, 독이 있는 과일을 먹기도하여 모두 죽고 말았다.

당신 같으면 어떤 무리에 속하겠는가? 한 번 생각해 보기 바란다.

이 이야기 속에 나오는 배는 선행을 상징하고 있고, 섬은 쾌락을 상징하고 있다.

첫째 무리는 살아가면서 쾌락을 조금도 맛보지 않으려고 하였다.

둘째 무리는 쾌락을 조금은 즐겼으나 목적지에 도착하지 않으면 안 된다는 의무는 잊지 않았다.

셋째 무리는 지나칠 정도로 쾌락에 빠지지는 않았지만 약간 고생을 했다.

넷째 무리는 돌아오기는 했으나 돌아오는 것이 늦었기 때문에 그때 입은 상처가 목적지에 다다를 때까지 아물지 않았다.

　그러나 사람들이 빠지기 쉬운 것은 다섯째 무리이다.
그들은 일생 동안 겉모습만을 위하여 살거나 장래의 일
을 잊어버리거나, 달콤한 음식 속에 들어 있다는 진리를
잊고 그것을 먹기도 한다.

V 탈무드의 손

. . .

손은 두뇌의 판단에 따라 움직인다. 탈무드를 연구하는 사람으로서 한결같이 탈무드적인 사고방식만을 취해온 나의 손은 어느 새 탈무드의 사자使者가 되었다. 여기서는 매일같이 부딪치는 난제難題를 내가 어떻게 해결해 왔는가 하는 사례를 소개하고자 한다. 이제까지의 일화와 격언에 대한 응용편으로 읽어 주었으면 한다.

형제애

죽은 어머니의 유언을 둘러싸고 형과 동생이 다투고 있었다. 그런데 어머니의 유언에 대한 형의 의견이나 동생의 의견에 모두 일리가 있었다.

형과 동생은 어렸을 때부터 독일, 러시아, 만주, 시베리아 등 여러 나라를 떠돌아 다니며 살았기 때문에 아주 우애友愛가 좋았는데, 이 유언을 둘러싼 싸움으로 서로 헐뜯고 미워하여 형은 동생을, 동생은 형을 서로 외면外面하게 되었다. 서로 말도 하지 않고, 같은 집에 있으면서도 등을 돌렸다.

한 번은 그들이 따로따로 나에게 와서 서로 한탄했다. 형과 동생 둘 모두 싸울 생각은 전혀 없었다고 말했다.

얼마 후 아메리칸 클럽에서 강연을 하게 되었을 때, 나는 그 두 형제를 그들이 서로 눈치채지 못하게 파티에 초청해 달라고 주최측에 부탁했다. 평소 같으면 얼굴이 마주치자마자 돌아설 터인데, 이 날은 초대자의 체면 때문인지 두 사람은 돌아가지 못하고 자리에 붙어 있었다. 나는 인사를 끝내고 다음과 같은 탈무드 이야기를 했다.

"옛날에 이스라엘에 두 형제가 살고 있었습니다. 형은 결혼하여 아내도 있고 아이도 있었지만, 동생은 미혼이 었습니다. 형제는 둘 다 농부였는데, 부친이 죽자 부친의 재산을 나누어 갖게 되었습니다.

수확한 사과와 옥수수는 공평하게 나누어 각자의 곳간에 넣었습니다. 밤이 되자 동생은, 형님은 아내와 자식들이 있어 여러 가지로 어려울 것이라고 생각하고 형님의 곳간에 많은 양量의 사과와 옥수수를 옮겨다 놓았습니다.

그러나 형은, 자기는 자식이 있으므로 늙게 되면 아이들이 잘 보살펴주겠지만 동생은 혼자이니 나중을 위해 준비해 두지 않으면 안된다고 생각하여, 역시 옥수수와 사과를 동생의 곳간에 많이 옮겨다 놓았습니다.

이러기를 며칠, 아침에 형제가 눈을 뜨고 자기들의 곳
간에 가보니 어제와 똑같은 분량의 곡식이 있었습니다.

나흘째 되던 밤 형제는 서로 상대방의 곳간에 곡식을
운반해 주러 가는 도중에 마주치고 말았습니다. 그래서
두 형제는 서로 얼마나 끔찍하게 생각하고 있는지를 알
게 되었습니다. 두 사람은 곡식을 내던진 채 끌어안고
울었습니다.

이 두 형제가 울던 곳은 오늘날에도 예루살렘에서 가
장 소중한 곳으로 알려지고 있습니다."

나는 그 강연에서, 가족들간의 사랑이 얼마나 소중한
것인가를 강조했다. 그 결과 이 두 형제의 오랜 반목反目
도 사라지게 되었다.

개와 우유

어떤 집에서 개를 기르고 있었다. 그 개는 오랫동안 가족과 함께 살아왔기 때문에 가족들에게서 무척 귀여움을 받았다. 특히 그 집의 아들이 그 개를 더욱 귀여워하여 잠잘 때에도 침대 밑에서 자게 하는 등 형제처럼 친하게 지냈다.

그런데 어느 날 그 개가 죽었다. 아버지는 어떤 동물이든 언젠가는 죽게 되므로 어쩔 수 없는 일이라고 말했다. 그러나 아들은 자기의 형제처럼 소중히 여겼던 충실한 친구를 잃게 된 것을 몹시 슬퍼하면서 그 개를 집 뒤뜰에 묻어달라고 아버지에게 졸랐다. 물론 아들도 개가 인간과 다른 것임을 모르는 것은 아니었으나 도저히 개를 다른 곳에 묻을 수가 없었다.

아버지는 뒤뜰에 개를 묻는 것을 반대했고, 그래서 가

족 사이에 논쟁이 벌어졌다. 결국 아버지가 나에게 유태 전통에 개를 매장하는 무슨 의식이 없냐고 조언을 청해 왔다.

나는 그 이야기를 전화로 들었을 때 어떻게 하면 좋을지 난처해졌다. 이제까지 여러 가지 질문을 받아 보았지만 개에 관한 것은 처음이었다. 그러나 곧 내 머리 속에 떠오르는 것은 개를 잃은 아들의 얼굴이었다. 나는 아무튼 그의 집을 한 번 방문하겠다고 약속했다.

랍비는 그런 이야기를 전화로 하지 않고 문제가 있는 사람을 직접 만나서 이야기하는 것이 하나의 관습으로 되어 있다.

나는 그 집에 가기 전에 탈무드를 펴놓고 개에 관한 이야기가 있는지 조사해 보았다. 그런데 탈무드 속에 마침 적절한 이야기가 있었다.

한 고대 이스라엘의 농가집 부엌에 우유병이 있었는데 뱀이 그 우유 속으로 들어가 버렸다. 그런데 그 뱀은 독사였기 때문에 우유 속에 독이 녹아 들어가기 시작했다. 그런 사실을 그 집의 개만은 그 사실을 알고 있었다.

식구들이 항아리에서 우유를 퍼내려 하자 개가 야단스럽게 짖어대기 시작했다. 아무도 개가 왜 저렇게 요란하게 짖어대는지 그 이유를 알 수 없었다. 한 사람이 우유를 마시려고 하자 개가 달려들어 항아리를 넘어뜨리더니 그 우유를 핥아먹기 시작했다. 그리고 개는 곧 죽어버렸다. 그제서야 가족들은 우유 속에 독이 들어 있음을 깨달았다. 그리하여 당시의 랍비들은 이 개를 칭찬하고 경의를 표했다.

나는 그 집에 가서 가족들에게 이 이야기를 들려 주었다. 아버지의 반대는 점점 수그러들어 결국 그 개는 아들의 희망대로 뒤뜰에 묻히게 되었다.

당나귀와 다이아몬드

외국에서 살고 있는 유태인 여자가 백화점에 물건을 사러 갔다. 집에 돌아와 포장을 뜯어보니, 자기가 사지 않은 물건이 함께 들어 있었다. 그녀는 양복과 외투를 샀을 뿐이었는데, 무척 비싼 반지가 그 안에 담겨 있었다.

그녀는 아들과 단둘이서 그다지 풍족하지 못한 생활을 하고 있었는데 그녀는 이 사실을 아들에게 이야기해 주고 나서, 아들과 함께 나에게 논의論議를 하러 왔다. 그래서 나는 탈무드에 있는 이야기를 들려주었다.

"한 랍비가 나무꾼 노릇을 하면서 살아 나가고 있었습니다. 그는 언제나 산에서 시장까지 나무를 운반해야 했는데 그는 시간을 줄여서 탈무드를 공부하려고 당나귀를 한 마리 사기로 작정했습니다. 그래서 그는 마을의 아랍인에게서 당나귀를 샀습니다. 제자들은 랍비가 당나귀를 샀기 때문에 산에서 시장까지 더 빨리 왕래할 것이라고 기뻐하며 냇가에서 당나귀를 씻겨 주기 시작했습니다. 그런데 당나귀의 귀에서 다이아몬드가 나왔습니다. 제자들은 이제 랍비가 나무꾼의 생활을 그만두고 더 공부하면서 자기들을 가르치는 데 시간이 많아졌다고 기뻐했습니다.

그러나 랍비는 곧장 마을로 가서 아랍 상인에게 다이아몬드를 돌려주라고 제자들에게 명령했습니다. 제자들은 이것은 '선생님이 산 당나귀에서 나온 것이 아닙니까?' 하고 묻자, 랍비는 '나는 당나귀를 산 것이지 다이아몬드를 사지는 않았네. 나는 내가 산 것만을 갖는 것이 정당하다고 생각하네.' 하면서 다이아몬드를 아랍상인에게 돌려 주도록 했습니다.

아랍 상인은 오히려 '당신은 이 당나귀를 사갔고 다이아몬드는 이 당나귀에게서 나왔는데 제가 굳이 되돌려 받아야 할 이유가 없습니다.' 하고 말했습니다. 그러자 랍비는 '유태의 전초에서는 자기가 산 것만을 갖게 되어 있으니 이것은 당신의 것입니다.' 하고 말했습니다. 아랍 상인은 '당신들이 섬기는 신은 훌륭한 신임에 틀림없습니다.' 라고 말했습니다."

이 이야기를 다 듣고 나서 유태인 여자는 그러면 곧 가서 돌려줘야겠는데 무어라 하면서 돌려줘야 되겠느냐고 물었다. 나는 "그 반지가 누구의 것인지는 모르지만 만일 왜 돌려주느냐고 묻거든 '내가 유태인이기 때문' 이라고 대답하시오. 그리고 돌려줄 때에 꼭 당신의 아들을 데리고 가십시오. 그러면 아들은 자기 어머니가 정직한 사람이라는 것을 평생 잊지 않을 것입니다."하고 말했다.

아기와 산모 産母

한 번은 어떤 유태인 부인이 아주 난산이어서 위험한 상태가 되어, 그녀 남편의 부름을 받고 한밤중에 병원으로 가게 되었다. 산모는 출혈이 심해 고통을 받고 있었다. 그 부부에게는 이번이 첫 아이였다. 의사는 산모의 생명이 위독하다고 말했다. 나는 태아의 상태를 물어보았다. 의사는 잘 알 수 없다고 했다. 결국 아기와 산모 중 누구를 구할 것인가를 결정하지 않으면 안되었다. 아기 아빠도 산모도 첫아기를 몹시 갖고 싶어했다. 산모는 자기가 죽더라도 아기를 구하고 싶다고 말했다. 여러모로 상의한 끝에 나에게 결정이 맡겨졌다.

나는 먼저 내가 결정하는 것은 나 개인의 결정이 아니라, 탈무드 또는 유태의 전통이 내리는 결정이니 반드시 내 말에 따르겠느냐고 물어보았다. 그러자 부부는 그것이 유태의 가르침이라면 받아들이겠다고 말했다.

　그래서 나는 산모의 생명을 구하고, 태아를 희생시키기로 결정했다. 산모는 그것을 살인이라고 말했다. 그러나 유태의 전통에 의하면 아기는 태어나기 전에는 생명이 없는 것으로 되어 있다. 태아는 산모의 일부분에 지나지 않는다. 생명을 구하기 위해서는 신체의 일부를 잘라내는 일도 있을 수 있다. 유태의 전통에서는 그런 경우에는 반드시 산모를 구하도록 되어 있다.

　그곳에 가톨릭 신부도 있었는데, 그는 아기를 구하고 산모를 희생시켜야 한다고 했다. 가톨릭에서는 잉태되면 이미 생명이 생긴 것으로 생각하기 때문에 가톨릭의 사고방식에 따르면 산모는 이미 세계를 받았으므로 구원을 받을 수 있지만, 아기는 아직 세례를 받지 못했기 때문에 구원을 받을 수 없다. 그러므로 유태의 결정은 올바르지 못한 것이라고 말했다.

　그들 부부는 내 결정에 따랐고, 산모는 생명을 구했다.

불공정한 거래

하루는 장사를 하고 있는 어떤 남자가 나에게 와서 다른 상점이 부당하게 값을 내려 자기 장사에 피해가 크다고 호소했다. 탈무드에는 올바르지 못한 경쟁競爭에 대해 아주 많이 씌어 있는데, 나는 그 때까지 탈무드에 그것이 씌어 있는 것을 몰랐다. 아무튼 나는 일주일의 여유를 달라고 하여 탈무드를 연구한 뒤 판단을 내리기로 하였다. 이런 경우에 탈무드는 다음과 같이 가르치고 있다.

어떤 상품을 취급하고 있는 상점 근처에 똑같은 상점을 열어 똑같은 상품을 팔아서는 안된다. 그러나 다음의 경우에는 여러 가지 의견이 있을 수 있다. 상점이 둘 있는데 그 중 하나에는 아이들에게 경품을 주었다. 비스킷 같은 보잘 것 없는 것이었지만, 아이들은 그것을 기뻐하

며 어머니를 끌고 와 상품을 사 달라는 경우가 그것이
다. 또 값을 내려 경쟁하는 것은 손님에게 이익이 되므
로 좋지 않느냐는 말도 있다. 또 손님을 유혹하기 위해
값을 내리거나 경품을 주는 것은 정당하지 못한 경쟁이
라고 쓰고 있다. 그런데 대다수의 랍비들은 값을 어느
정도 내리는 것은 정당하지 못한 경쟁이 아니라고 한다.
사는 사람에게 이득이 되면 그것으로 좋지 않느냐는 생
각이다.

며칠 후에 다시 찾아 온 그에게 나는 이렇게 말해 주
었다.

"탈무드에서 물건을 훔치는 행위는 확실하게 금지되
어 있으나, 어떤 사정으로 값을 얼마간 내리는 것은 정
당한 행위입니다."

정당하게 경쟁을 해서 소비자가 이득을 보면 좋은 일
일 것이다.

위기에서 벗어난 부부

결혼한 지 십년이 된 부부가 있었다. 그들은 아주 금실이 좋아 겉으로는 매우 행복하게 보이는 부부였다.

그런데 어느 날 남편이 나에게 이혼 서류를 꾸미러 왔다. 나는 그 부부를 전부터 잘 알고 있었으므로, 설마 결혼 생활에 금이 갔으리라고는 생각하지 않았다.

그는 자기 부부 사이에 아이가 없어 친척들에게 이혼을 강요받고 있다고 고백했다. 유태의 전통에 의하면 결혼한 지 십년이 지나도록 아이를 갖지 못하면 남편이 아내에게 이혼을 청구請求할 수 있는 권리가 주어진다.

그러나 그들 부부는 서로 사랑하고 있으므로 결코 헤어지길 원하지 않았다. 그렇지만 남편 식구들에게 강한 압력을 받고 있어서 그는 이러지도 저러지도 못하고 나에게 상의하러 왔던 것이다.

나중에 두 사람이 함께 왔을 때 나는 이 부부가 여전히 서로 사랑하고 있는 것을 알았다. 일반적으로 랍비는 이혼에 대해서는 언제나 부정적으로 생각하고 있다. 그것은 악처를 한 번 맞아들였던 사람은 이혼하더라도 그의 어리석음 때문에 결국 악처를 만들 것이 틀림없기 때문이다.

그는 사랑하는 아내와 헤어지면서도 아내에게 굴욕감을 안겨주지 않기 위해 가능한 한 조용하게 헤어지길 바라고 있었다. 그래서 나는 탈무드적 방법을 사용하기로 했다.

나는 그에게 아내를 위하여 성대한 파티를 열고, 그 자리에 오랫동안 자기와 함께 살아온 아내가 얼마나 훌륭했던가를 모든 사람에게 자랑하라고 조언했다.

그는 이 제안에 아주 기뻐했다. 그는 자기가 아내가 싫어져서 이혼하는 것이 아님을 어떻게 해서든지 사람들에게 알리고 싶었기 때문이다.

나는 여기서 해결책을 만들어냈다. 그가 이혼할 아내

에게 무엇인가 선물을 했으면 해서, 무엇을 줄 생각이냐고 물어 보았다. 그는 그녀가 오랫동안 가장 소중하게 여길 것을 주고 싶다고 대답했다. 나는 그에게 파티가 끝난 다음에 그녀에게 이렇게 말하라고 했다.

"내가 가지고 있는 모든 것 가운데서 당신이 가장 갖고 싶은 것 하나를 선물로 주겠소."

나는 그녀에게 귀뜸을 해주었다.

파티가 끝난 뒤 남편은 내가 충고한 대로 "갖고 싶은 것이 있으면 아무것이나 하나만을 주겠소." 하고 말했다.

다음 날 아침 증인을 입회立會시키고, 이혼하는 남편에게 가장 갖고 싶어하는 것을 이야기하기로 하였다.

아내는 원하는 것은 남편이라고 말했고 그래서 그 두 사람은 이혼을 취소했는데, 훗날 그들에게는 아이가 둘이나 생겼다.

고통받은 2백만 원

어느 날 두 남자가 숨을 헐떡이며 나에게 달려와서 하는 소리가 둘은 친구 사이로, 한쪽이 돈을 꾸어 달라고 해서 거액을 빌려주었다고 한다. 그런데 돈을 갚을 때가 되자 빌려 준 사람은 5백만 원이라고 하고, 빌린 사람은 2백만 원이라고 잡아뗀다는 것이다.

나는 누가 거짓말을 하고 있는지를 알아내야만 했다.

그래서 우선 한 사람씩 따로 만나서 이야기해 보았다. 나는 그들에게 다음 날 아침 한 번 더 나에게 오라고 하고, 그때 판정을 내리겠다고 말해 주었다.

두 사람이 돌아간 후 나는 서재에서 여러 가지 책을 뒤져보았다. 5백만 원을 빌려주었다고 하는 사람과 2백만 원밖에 꾸지 않았다고 주장하는 사람이 어떤 심리 상태에 있는가를 연구했다. 물론 증서가 있다면 문제가 없는

데, 유태 사회에서는 친구에게 돈을 빌려 줄 때에는 증서를 만들지 않는 것이 관례로 되어 있다.

어쨌든 나는 2백만 원밖에 꾸지 않았다고 주장하는 사람은 전혀 아무것도 꾸지 않았다고 말해도 실제로는 같은 것이 되지 않는가 하고 생각했다. 동시에 나에게 와서 5백만 원을 빌려주지 않았으면서도 5백만 원을 빌려주었다고 주장한다는 것도 이해가 안 갔다. 그런데 탈무드에 이런 가르침이 있다.

"거짓말을 할 때에는 아주 철저하게 한다. 만약 어떤 사람이 자기에게 불리한 것을 조금이라도 말하는 경우에는 사람들은 그의 말을 믿기 쉽다. 그에게는 아직 약간의 정직이 남아 있다. 당사자가 둘인 경우에는 거짓말은 정도가 가볍게 된다."

그래서 나는 처음에는 5백만 원을 기일 내에 반드시 돌려주겠다고 생각하고 꾸었다 하더라도, 막상 기일이 되어 2백만 원밖에 없는 경우에 2백만 원밖에 꾸지 않았다고 주장하는 것은 있을 수 있는 일이라고 생각했다.

그러나 한편으로는 2백만 원을 빌려주었으면서 5백만 원을 빌려 주었다고 말하고 있는지도 모른다고 생각했다.

그래서 우선 2백만 원밖에 꾸지 않았다고 주장하는 사람을 불러서, 정말로 당신은 2백만 원밖에 꾸지 않았느냐고 묻자 그는 여전히 2백만 원밖에 꾸지 않았다고 말했다.

그래서 나는 "5백만 원을 당신에게 빌려 준 사람은 대단히 부자이므로 그 정도의 돈은 별로 필요하지 않을 것이오. 그런데 만약 당신이 돈을 갚아 놓지 않으면 다른 사람이 갑자기 돈이 필요했을 때 결코 돈을 꿀 수 없을 것이오. 유태인끼리는 서로 돈이 돌고 돌아야 하오. 그래도 당신은 2백만 원밖에 꾸지 않았다고 주장할 셈이오?"하고 말했다. 그러나 그는 2백만 원밖에 꾸지 않았다고 말할 뿐이었다.

나는 그를 데리고 교회로 가서 「구약성서」에 손을 얹고 2백만 원밖에 꾸지 않았다고 맹세하라고 말했다. 그러자 그는 갑자기 5백만 원을 꾸었다고 자백했다.

이것은 다른 사람들에게는 믿기 어려운 일인지도 모른다. 유태인에게는 교회에서 「구약성서」에 손을 얹고 선서하는 것은 아주 중요한 일이다. 「구약성서」에 손을 얹고 거짓말을 하는 사람은 마음이 악한 상습적인 범죄자 이외에는 없다. 그 대신 성서는 소중한 것이기 때문에 아주 중대한 문제가 아니면 거론되지 않는데, 성서에 손을 얹으면 99.8퍼센트의 사람들은 절대로 거짓말을 하지 않는다. 그 정도로 맹세라는 것은 중대한 것이며, 대단히 두려운 것이다.

미국과 유럽의 법정에서 손을 들어 맹세하는 풍습은 여기에서 유래된 것이다.

단 하나의 구멍

어느 회사에서 한 남자가 일하고 있었다. 그런데 그는 자기가 부당한 대우를 받고 있다는 생각이 들어 사장에게 이것을 항의하기로 마음먹었다.

"저는 이제까지 회사와 사장님을 위하여 열심히 일해 왔습니다. 그러나 이제 생각해보니 저는 부당한 대우만 받아왔습니다. 퇴직금退職金이나 모두 돌려 주십시오." 하고 그는 불평 섞인 목소리로 말했다.

그러나 사장은 사장대로 "당신은 지금까지 근무가 태만怠慢해서 나도 마침 당신을 해고하려던 참이오. 퇴직금은 무슨 퇴직금이오." 하고 반박했다.

얼마 뒤 그는 금고金庫에서 회사의 서류와 돈을 훔쳐 가지고 외국으로 도망쳤는데 어디로 갔는지 알 수가 없었다.

그런데 한 달 후에 그는 외국의 어느 도시를 지나가다가 다른 사람의 눈에 띄었다. 사장은 나에게 와서 항공권을 주면서 "그가 있는 곳에 가서 그를 설득해 주십시오."하고 부탁했다.

그곳은 아주 먼 곳이었기 때문에 나는 비행기를 타고 갔다.

도착한 지 이틀 후에야 나는 가까스로 그를 만날 수 있었다. 그는 매우 당황하는 표정이었다. 그는 돈을 훔쳤을 뿐만 아니라 대단히 중요한 서류를 가지고 도망을 쳤었다. 나는 사흘 정도 그와 이야기를 나누었다.

나는 내가 왜 여기에 오게 되었는지를 설명하고, 여러 가지 사소한 문제는 제쳐두고 문제의 핵심이 무엇인가를 서로 생각해 보았다.

그것은 법률적으로 처리할 문제였다. 나에게 중요한 문제는 두 사람이 유태인인데 유태인끼리 서로 싸워서는 안 된다는 것이다.

나는 탈무드를 인용하여 "유태인은 모두 가족이며 형

제입니다. 우리들은 외국인과 접촉하고 있기 때문에 유태인끼리는 평화롭게 지내고 일은 조용히 해결해야 합니다."하고 말했다.

그는 자기의 행동을 정당화시키기 위하여 "내가 한 행동은 나의 자유입니다."라고 말했다. 그래서 나는 "나는 잘 이해가 가지 않지만 아마 당신이 옳을지도 모릅니다. 그러나 사회에 폐를 끼치면서 자기 멋대로 행동하는 것은 허용되지 않습니다."라고 하면서, 탈무드에 나오는 이야기를 들려 주었다.

"많은 사람들이 배를 타고 항해하고 있습니다. 그런데 한 남자가 자기가 앉아 있는 자리에 구멍을 뚫기 시작했습니다. 사람들이 그를 말리며 욕을 하자, 그는 '이것은 내 자리이니 내가 무엇을 하든 그것은 나의 자유요.' 하면서 태연히 하던 일을 계속했습니다. 그리고 구멍이 난 배는 얼마 안 있어 침몰하고 말았습니다."

신용을 지켜야 할 유태인이 회사의 돈과 서류를 가지고 달아나 버렸다면 다른 사람들은 뭐라고 하겠는가? 이것은 유태인에게 나쁜 이미지를 남기는 일이 될 것이다.

그는 결국 나의 이야기를 들은 후에 "당신이 올바른 일이라고 생각하는 것에 나는 그것을 따르겠다."고 말했다. 그리고 그는 자기가 가진 돈과 서류를 나에게 맡겼다.

나는 돌아와서 사장과 만나 이야기를 나눈 뒤 최종적인 해결을 보았다. 물론 그의 이야기가 올바르다면 나에게 맡겨진 돈과 서류를 그에게 돌려주려고 생각하고 있었다. 여러 가지 이야기를 나눈 결과 그가 바라는 만큼의 대우는 아니지만 얼마만큼의 퇴직금도 받고 일은 순조롭게 매듭지어졌다.

부부간의 갈등

대개 학교를 갓 졸업한 젊은 랍비들은 내가 원로
元老와 같은 존재로 무슨 문제가 생기면 나를 찾아오거
나 전화로 상의를 해오곤 한다.

한번은 젊은 랍비 한 사람이 나를 찾아왔을 때, 마침
어떤 부부가 문제를 상담하러 왔다. 그래서 그 부부에게
두 사람의 랍비가 함께 얘기를 들어도 좋으냐고 물어 승
낙을 얻었다. 부부의 문제를 상담할 때는 두 사람을 동
석시킨 채 이야기를 시키면 서로 싸울 뿐이므로 따로따
로 이야기시키지 않으면 안된다. 한 사람씩 불러 이야기
를 들어보니 실은 둘 다 상대방을 아끼며, 상대방을 사
랑하고 있음을 알 수 있었다. 부부간의 문제는 인내심과
동정심을 가지고 대하면 대부분 해결된다.

이때도 나는 우선 남편에게 이야기를 시켜 그의 말에

찬동을 표시하면서 그의 이야기가 타당성이 있다고 말해 주었다. 다음에는 부인에게 이야기를 시켜 끝까지 이야기를 들으면서 그녀의 말도 아주 타당하다고 말해 주었다.

두 사람이 나간 뒤 나는 젊은 랍비에게, "당신이라면 어떤 식으로 해결을 하겠습니까?"하고 물어보았다. 그러자 랍비는, "나는 전혀 이해할 수가 없습니다. 선생님은 남편의 이야기도 옳다고 하고 부인의 이야기도 옳다고 하셨습니다. 두 사람은 각기 전혀 다른 이야기를 했는데 어찌하여 두 사람의 주장을 모두 옳다고 하십니까?"하고 물었다.

그래서 나는 그의 이야기도 옳다고 말했다.

자, 이같은 판단을 보고 독자 여러분은 어떻게 느낄 것인가. 이래도 좋고, 저래도 좋은 사람으로 받아들일 것인가.

나는 이렇게 생각한다. 여러 종류의 사람들이 갖가지 다른 관계에 있는 경우 당신은 옳다, 당신은 그르다라는 식으로 단정하여 판단해서는 안된다. 그것은 오히려 문제를 더 복잡하게 할 뿐이다. 이때 중요한 것은 양자의 흥분상태를 냉각시키는 일이다. 그러기 위해서는 양자의 주장을 모두 인정해 주고, 그에 따라 양자가 냉정을 되찾기를 기다린 후에 서로 화해시켜야 한다.

그러므로 이러한 갈등에는 우선 어떤 의견이든지 양자의 주장을 인정하는 것이 필요한 것이다.

진실과 거짓

많은 사람들이 나에게 여러 가지 문제를 가지고 와서 해결해 달라고 부탁한다. 이 문제들은 천차만별千差萬別이다. 다만 공통된 것이 있다면 누가 거짓말을 하고 있는가, 그것을 어떻게 알아낼 것인가 하는 문제들이다. 무엇이 진실이고 무엇이 거짓인지를 구별하는 것은 아주 어려운 일이다.

탈무드에는 이에 관하여 두 가지 방법이 나와 있다.

솔로몬 왕은 매우 지혜로운 사람으로 알려져 있었다.

하루는 두 여자가 한 아이를 데리고 와서 서로 자기 아이라고 주장하면서 솔로몬 왕에게 판결을 요청했다.

솔로몬 왕은 여러 가지로 조사를 해보았으나 누구의 아이인지 알 수가 없었다. 유태의 관례에 의하면 어떤 물건이 누구의 것인지 알 수 없을 경우에는 공평하게 나누어 갖는 것이 관례로 되어 있었다. 그래서 솔로몬 왕은 아이를 둘로 잘라서 나누어주라고 명령했다.

그러자 한 여자가 갑자기 미칠 듯이 소리를 지르면서 그렇다면 아이를 상대방 여자에게 주라고 소리쳤다. 그 광경을 보고 솔로몬은 "당신이야말로 이 아이의 어머니요."하면서 아이를 그 여자에게 내 주었다.

어떤 부부에게 자식이 둘 있었다. 둘 모두 아들이었는데, 그 중 하나는 아버지가 다른 아이였다.

어느 날 남편은 아내가 다른 사람에게 두 아들 중의 하나는 아버지가 다르다고 이야기하는 것을 들었다. 그러나 그는 누가 자기 아들인지 알 수가 없었다.

그 뒤 병이 들어 그는 죽음을 예견하고 자기의 피를 이어 받은 아들에게 자기의 전 재산을 물려준다고 유언했다. 그가 죽자 유서는 랍비에게 보내지고, 랍비는 죽은 남자의 피를 이어받은 아들이 누구인지를 가려내야 했다. 그래서 생각한 끝에 랍비는 두 아들을 데리고 그들 부친의 묘로 가서 있는 힘을 다해 몽둥이로 묘를 두들겨

패라고 했다.

그러자 한 아들이 울면서 "나는 아버지의 묘를 욕되게 할 수 없어요."라고 말하며 거절했다. 랍비는 그를 진짜 아들이라고 결정했다.

귀한 약

내 친구 중의 하나가 중병에 걸려, 새로운 약을 복용하지 않으면 생명을 잃게 될 지경에까지 이르렀다. 그러나 약은 쉽게 구할 수 없는 약이었다. 약을 구하는 사람은 많은데 생산량은 적었기 때문이다.

그래서 그 친구의 가족이 나에게 와서, 당신은 교수나 의사들을 많이 알고 있으니 그 약을 구할 수 있지 않겠느냐면서 부탁을 했다.

나는 내가 알고 있는 의사에게 전화를 걸어 친구를 좀 도와 줄 수 없겠느냐고 물었다.

의사는 나에게 "만약 그 약을 당신 친구에게 주면 그 약을 손에 넣을 수 없는 사람이 하나 생깁니다. 그로 인하여 그 사람은 죽을지도 모릅니다. 그래도 당신은 나에게 약을 부탁하시겠습니까?" 하고 말했다. 나는 마침 생각나는 것이 있어서 탈무드를 펼치고 읽었다.

어떤 사람이 희생 당할 때 자기의 목숨이 살아날 수 있을 경우에는 어떻게 해야 하는가? 그 사람을 죽이지 않으면 자기가 죽게 되는 경우에는 어떻게 해야 하는가?

자기가 살기 위해 남을 죽일 수는 없다. 자기의 피가 상대의 피보다 더 붉다고 말할 수 없듯이 어떤 사람의 피가 다른 사람의 피보다 더 붉은 수는 없는 것이다.

이런 경우를 내 친구와 비교해보자면 내 친구의 피가 그 약을 구할 수 없어 죽게 되는 다른 사람의 피보다 더 붉다고 말할 수 없는 것이다.

그래서 나는 이 문제를 그 가족에게 어떻게 설명할까 고민했다. 내 교구에 있는 사람의 목숨이 위독危篤하여 그 가족이 나에게 애가 닳도록 도움을 청하는데도 나는 친구의 죽음을 보고 있어야만 했다. 나는 의사에게 약을 받지 않기로 결정했기 때문에 결국 그 친구는 죽었다.

세 사람의 경영자

두 사람의 공동 경영자가 있었다. 빈손으로 출발했
으나, 현재는 임대 빌딩을 갖고 있는 등 사업을 완전히
정착시킨 성공한 사람들이었다. 두 사람 모두 경험이라
고는 조금도 없었지만 아주 부지런히 일했기 때문에 차
차 발전하여 대단한 성공을 거두었다.

어느 날 그들은 자기들이 굉장히 성공했다는 것을 새
삼스럽게 깨달았다. 그러나 둘 사이에는 아무런 증서도
없었으므로 두 사람이 모두 건강할 때는 문제가 없으나,
아들 대에 물려 주었을 때에도 문제가 생기지 않도록 계
약을 맺어두기로 했다.

그런데 일단 계약이 성립되자 사사건건 서로 반목하
게 되었다. 우선 계약을 할 때부터 의견 충돌이 있었다.
당신은 공장의 책임자이고 나는 본사의 책임자라는 식

으로 세세한 문제까지 규정하려고 했으므로, 서로 상대가 자기에게만 유리하게 하려 한다고 생각했다.

사업을 시작한 후 성공하기까지 둘 사이에 어떤 충돌도 없었던 만큼 그들은 함께 나에게 찾아왔다. 이것은 어느 쪽이 옳고 어느 쪽이 그르다는 문제가 아니었으므로 나도 간단히 결론을 내릴 수 없었다. 한 사람은 영업, 한 사람은 생산으로 나뉘어 서로 '내가 없었다면 이 회사는 존재하지도 않았다', '내가 판매를 맡지 않았다면 이 회사는 망했을 것이다.' 라고 말다툼을 했다.

나는 자신은 없었지만 다음과 같이 대답했다.

"두 사람이 다투기 전에는 사업이 잘되고 있었다. 따라서 두 사람이 반목함으로써 사업을 망치는 것은 어리석기 짝이 없는 일이다. 그렇다고 이 상태로는 사업을 계속할 수 없을 것이다. 무엇인가 해결책을 찾지 않으면 안 된다."

나는 탈무드에서 다음과 같은 간단한 이야기를 찾아냈다.

아이가 태어날 때는 그 부친과 모친, 하느님에 의해서 그 아이의 생명을 부여받는다. 성장함에 따라서 그 아이에게는 또 하나의 생명을 부여하는 자가 생기게 된다. 그것은 교사이다.

"당신네 회사의 경영자는 누구와 누굽니까?"하고 두 사람에게 묻자 그들은 두 사람 모두라고 대답했다. 그래서 나는 이렇게 말했다.

"하나님도 경영자 중의 하나로 생각하면 어떻습니까? 누가 뭐라해도 하나님은 전우주와 더불어 계십니다. 자기가 잘했다고 주장하는 일은 없으나 우주의 모든 움직임은 하나님의 행위이시므로 하나님을 경영자로 세워도 좋지 않겠습니까?"

그때까지 이 회사는 두 사람의 대표자만 있고 사장은 없었다. 그러나 두 사람은 서로 사장이 되고 싶어했다. 그래서 나는, "이 회사가 당신들의 회사인 것은 분명하지만, 동시에 하나님의 회사입니다. 당신들은 유태인을 위하여 일하고 있는 것이니 이 회사가 내 것이라는 의식을 너무 내세우지 말고, 우리들은 하나의 의무를 수행하고 있는 것이라고 생각한다면 누가 사장이 되느냐하는 문제는 사소한 문제임을 깨닫게 될 것입니다. 영업 담당자는 영업을 하고 공장 담당자는 공장에서 일하기만 하면 되는 것입니다."하고 조언해 주었다.

그후 이 회사는 아주 번창해갔다. 자선을 위하여 일정한 비율의 돈을 적립하게 되었고, 그것이 하나의 목표가 되어 누가 사장이 되는가 하는 문제는 거론되지 않고 수익은 올라가고 있는 것 같다.

축복의 말씀

어떤 병실에 나와 의사와 환자 이렇게 셋이 있은 적이 있다. 환자는 중상을 입어 내출혈이 심했다. 주위는 온통 지독한 냄새로 가득 차 있었다. 환자는 물론 의식불명이었고, 의사는 그의 생명을 구하려고 안간힘을 쓰고 있었다.

다량의 피를 수혈했다. 수혈을 그치면 죽게 될 상태여서 의사는 절망적인 표정을 하고 있었다.

의사가 나에게, "지금 당신은 무슨 생각을 하고 있습니까?"하고 물었다. 그래서 나는, "지금 죽음에 대해 생각하고 있지는 않습니다. 가느다란 혈관이 붉고 귀중한 액체를 흘려보내 이 사람이 위태롭다는 것을 생각하고 있습니다."라고 말했다.

결국 수혈은 멎고 그는 죽었다. 의사는 기진맥진한 나

머지 나에게 도움을 청했다. 나는 그에게 탈무드 이야기를 들려주었다.

  유태인은 왕을 만나거나, 식사를 하거나, 해돋이를 보거나 하는 모든 경우에 각각 짧은 축복의 말을 한다. 가령 화장실에 갈 때에도 따로 축복의 말이 있다.
  그러자 의사는, "당신은 화장실에 갈 때에 뭐라고 기원합니까?"하고 물었다. 그래서 나는, "몸은 뼈와 살과 여러 부분으로 되어 있다. 허나 그 중에서 닫혀 있어야 할 것은 닫혀 있고 열려 있어야 할 것은 열려 있어야 합니다. 이것이 거꾸로 되면 매우 곤란한 경우가 생기므로 언제나 열 것은 열고 닫을 것은 닫아 주십시오, 하고 기원합니다."라고 말했다. 그러자 의사는, "그 기도의 말은 해부학에 정통해 있는 사람의 딸 같습니다."라고 말했다.

왜 우십니까?

자선심이 많고 평판이 매우 좋으며 예의바른 유태인 남자가 있었다. 그러나 그는 유태 사회에서는 전혀 활동하지 않고 있었다.

어느 날 나는 호텔에서 그와 함께 식사를 하게 되었다. 유태인들은 사업가를 만나면 '요즈음 사업이 어떻습니까? 잘 되어 갑니까?' 하는 질문을 하고 랍비를 만나면 '뭐 좀 재미있는 일이라도 생각해냈습니까?' 하는 식으로 묻는 습관이 있다. 학문을 직업으로 하고 있는 랍비는 항상 글자 그대로 주머니 속에 여러 가지 얘깃거리를 집어 넣고 다닌다.

그도 역시 요즈음 재미있는 책을 읽었느냐고 물었다. 그래서 나는 '요즈음은 탈무드에서 죄에 대해 재미있는 것을 발견했습니다. 당신도 탈무드를 공부할 때 그 부분

을 읽으시는 게 어떻습니까? 하고 말한 뒤 다음과 같은
이야기를 들려주었다.

아주 뛰어난 랍비 한 사람이 있었다.

그는 고결하고 친절하고 자애심이 깊어 모두 그를 존
경했다. 그는 꽤 세심한 성격을 가졌고 하느님을 아주 깊
이 경외하고 있었다. 개미 한마리 밟아 죽이지 않을 만큼
하느님이 창조해낸 모든 것에 세심한 배려를 하면서 신
중하게 생활하고 있었다. 그는 물론 제자들로부터도 존
경을 받고 있었다.

여든 살을 넘긴 어느 날, 그의 육체는 갑자기 노쇠하
기 시작했다. 물론 그도 스스로 그것을 느끼고 죽을 때
가 가까웠음을 깨달았다. 수제자가 머리맡에 모였을 때
그는 울기 시작했다. 제자는, "선생님, 왜 우십니까?"하
고 물었다.

"선생님께서는 하루라도 공부할 것을 잊은 날이 있었
습니까? 무심코 가르치지 않은 날이 하루라도 있었습니
까? 자선을 베풀지 않았던 날이 하루라도 있었습니까?

선생님께서는 이 나라에서 가장 존경받는 분이십니다. 하느님을 가장 깊이 경외하는 분도 선생님이십니다. 더욱이 선생님께서는 정치와 같은 더럽혀진 세계는 한발짝도 발을 들여놓으신 적이 없으셨습니다. 선생님께서는 울어야 할 이유가 전혀 없는 것 같습니다."라고 말했다.

그러자 랍비는, "그게 바로 내가 울고 있는 이유이다. 죽는 순간에 누가 나에게 그대는 공부했는가, 그대는 하느님께 기도했는가, 그대는 자선을 베풀었는가, 그대는 올바른 행동을 했는가 하고 묻는다면 나는 모두 '그렇다'고 대답할 수 있다. 그러나 그대는 인간생활에 참여했는가라고 묻는다면 '아니오'라고밖에 대답할 수 없다. 그 때문에 나는 울고 있는 것이다."라고 말했다.

나는 자기 자신의 일에는 성공하고 있으나 유태인 사회는 얼굴도 내놓지 않는 이 유태인에게 탈무드의 이 이야기를 들려주고 유태인 사회의 생활에 참여하는 것이 어떻겠느냐고 권유했다.

어떤 농장

자선을 하느라고 어딘가에 돈을 바치면 사람들은 돈을 잃어버렸다고 생각하게 된다. 그러나 그렇지 않다. 실제로는 남에게 돈을 주면 그만큼 들어오게 된다. 나는 다음의 탈무드 이야기로 그 사실을 설명하고자 한다.

큰 농장이 있었다. 그 주인은 예루살렘 근처에서 가장 자선을 많이 베푸는 농부라고 알려져 있었다. 랍비들이 해마다 그의 집을 방문했고, 그는 조금도 아까워하지 않고 자선을 베풀었다.

그는 큰 농장을 경영하고 있었는데, 어느 해에 태풍 때문에 과수원이 모두 망가지고 유행병으로 그가 기르던 가축들이 모두 죽어 버렸다. 이것을 본 채권자들은 그의 집에 와서 재산을 모두 압수하고 손바닥만한 땅만을 남겨 놓았다. 그러나 그의 '하나님이 주시고, 하나님이 또 모두 가져가시니 어찌할 수 없는 일이다.' 라고 말하면서 태연히 현실을 받아들였다.

그 해에도 랍비들이 방문했다. 랍비들은 몰락한 그의 처지를 진심으로 동정했다. 농장 주인의 아내가 남편에게 말했다.

"우리들은 해마다 랍비들이 학교를 세우도록 도왔고 교회를 유지하도록 했고, 가난한 사람과 나이 든 사람들을 위하여 많은 헌금을 해왔는데 올해라고 아무것도 바치지 않는다면 송구스럽지 않겠습니까?"

부부는 차마 랍비들을 빈손으로 돌려보낼 수는 없다고 생각했다. 그래서 유일한 재산인 토지의 반을 팔아서 그것을 랍비들에게 헌금하고, 그 대신 나머지 반쪽의 토지에서 더 열심히 일하여 보충하려고 생각했다. 랍비들은 생각하지 않았던 헌금을 받고 몹시 놀라면서도 기뻐했다.

그들은 남은 반쪽 땅이나마 열심히 갈고 일구었다. 그러던 어느 날 밭갈이를 하던 소가 쓰러지고 말았다. 진

흙에 빠진 소를 힘겹게 끌어내고 나자 소의 발 밑에서
보물이 나왔다. 그 보물을 팔아서 그들은 다시 토지를
샀다. 그리고 옛날과 같은 농장을 경영하게 되었다.

다음 해에 랍비들이 다시 방문했다. 랍비들은 농부가
아직 가난한 생활을 하고 있으리라 생각하고 지난 해의
좁은 땅이 있던 곳으로 그들 부부를 찾아갔다. 그런데
그들은 그곳에 없었다.

"그는 이제 여기서 살지 않습니다. 저쪽의 큰 집으로
가 보십시오."

이웃 사람들이 랍비들에게 일러 주었다. 랍비들은 큰
집으로 가서 농부를 만났다. 그는 작년에 일어났던 일을
설명하면서 아낌없이 자선을 행하면 반드시 복이 되어
되돌아온다고 말했다.

나는 헌금을 거둘 때마다 이 이야기를 여러 번 되풀이
했다. 그리고 언제나 성공을 거두었다.

VI 탈무드의 발

발은 지나온 역사를 그린다. 물론 현재를 모두 밟고 있는 것도 발이다. 이 장에서는 탈무드의 수난의 역사를 소개함과 동시에 일반인들에게는 잘 이해되지 않는 랍비라는 직업에 관해서 설명했다.

수난의 책

탈무드는 처음 바빌로니아에서 서기 500년에 편찬되기 시작했다. 1334년에 손으로 쓴 탈무드가 지금 현존해 있는 가장 오래된 책이다. 이것은 1520년에 최초로 베니스에서 인쇄되었다.

1224년, 파리에 있던 모든 탈무드가 기독교에 의해 몰수되어 24대의 마차에 실려 불태워졌으며, 금서로 되었다. 1263년에는 기독교 교회의 대표자와 유태의 대표자가 공개 석상에서 만나, 탈무드가 기독교에 반하는 것인가 아닌가를 놓고 논쟁을 벌였다. 1415년에는 유태인이 탈무드를 읽는 것이 법으로 금지되었고, 1520년, 로마에서 모든 탈무드가 압수되어 불태워졌다. 그들 기독교인들은 탈무드를 전혀 읽어보지 않은 사람들이었고 탈무드를 읽어보지 않았기 때문에 탈무드를 더욱 싫어했던 것이다.

그 후에도 탈무드는 불태워졌다.

1562년에는 가톨릭 교회가 탈무드를 검열하기도 하고 찢어버리기도 했다.

그래서 오늘날 남아 있는 탈무드는 완전한 것이 아니다. 한번은 탈무드를 마이크로 필름으로 찍고 있는데, 페이지와 페이지 사이에 엉뚱한 페이지가 나왔다. 그와 같이 하여 몇 백년 동안 잃어버렸던 탈무드가 발견된 적도 있다. 따라서 탈무드를 읽고 있으면 갑자기 문맥이 끊어지는 경우도 있다. 그런 곳은 가톨릭 교회가 5분의 1 내지 6분의 1 정도씩 찢어낸 곳이다. 그들은 기독교를 비판했다고 생각되는 곳, 혹은 비유태인에 관하여 쓴 곳은 모두 삭제해 버린 것이다.

현재 탈무드는 여러 나라 말로 번역되어 있고, 탈무들에 관한 관심은 세계적으로 높아지고 있다.

탈무드는 공부하는 책이다. 유태인에게 있어서 탈무드를 공부한다는 것은 인생 최대 목적이다. 유태인을 조금이라도 이해하고 싶다면 먼저 탈무드가 유태인에게 얼마나 중요한 것인가를 이해하여야 한다. 하느님의 뜻을 행동으로 옮기는 것은 유태인에게는 가장 중요한 일이므로 탈무드를 공부하는 일은 유태인의 최대의 과제였다. 그러나 탈무드의 공부는 학문적인 연구는 아니다. 이것은 종교적인 연구이다. 유태인에게 있어서 하느님을 찬미하는 최대의 행위는 공부하는 것이다. 그래서 옛날부터 공부는 올바른 행동을 하게 한다는 말이 있다.

옛날 유태에서는 도시나 시골이나 거기에 있는 학교의 이름에 따라서 알려졌다. 교회는 공부하는 곳이기도 했다. 로마인은 유태인의 유태화를 막기 위해 탈무드 연구를 금지시켰다.

그런데 유태인에게서 공부를 빼앗아 버리면 유태인은 이미 유태인이 아니다. 그 배움을 지키기 위해 많은 유태인들이 죽어 갔다. 그러나 지혜의 힘은 모든 것을 이긴다.

나는 유태인 중에서 아침에 일 나가기 전에 새벽 5시

에 일어나 탈무드를 공부하는 사람이 많음을 알고 있다. 점심 시간에, 저녁 식사를 한 뒤에, 또는 버스나 지하철 속에서도 유태인은 공부한다. 또 안식일에도 여러 시간 동안 탈무드를 연구한다. 탈무드는 전부 20권으로 되어 있는데, 그 중에 한 권을 다 보았다는 것은 아주 축하할 일로서, 친척들과 친구들을 모두 불러 놓고 성대한 축하 연을 베푼다.

유태인은 가톨릭에서의 교황과 같은 최고 권위자를 갖고 있지 않다. 유태인의 최고 권위는 탈무드이다. 탈무드를 얼마만큼 연구했는가만이 권위를 재는 척도이다. 탈무드의 지식을 가장 많이 가지고 있는 사람들이 랍비이며, 그 때문에 랍비는 권위가 있다고 인정받는 것이다.

내용

탈무드는 모두 6부로 구성되어 있다. 1.농업 2.
제사 3.여자 4. 민법, 형법 5.사원 6.순결과 불순 등이다.

탈무드의 구성에는 규칙이 있다. 반드시 미슈나
(Mishna)라고 하는 부분에서부터 시작된다. 미슈나는
입에서 입으로 전해 내려온 유태의 옛 가르침이나 옛 약
속들을 기록한 것이다. 미슈나는 서기 200년 이후로 모
아졌다. 5백 그램 정도의 아주 작은 책이다. 여기에는
논쟁이 없다. 이 미슈나를 둘러싸고 광범위하게 일어난
논쟁과 토론이 탈무드이다. 이 토론은 반드시 둘로 나누
어져 있다. 하나는 할라카라고 불리는 부분이고, 또 하
나는 하가다라고 불리는 부분이다.

유태인은 세계에서 가장 엄격하게 종교 계율을 지키
고 종교에 심취하는 사람들이라고 알려져 있는데, 유태

의 말 속에는 종교라고 하는 단어가 존재하지 않는다. 그것은 생활의 전체가 모두 종교이므로 특별히 무엇을 가리켜 종교라고 부를 수가 없기 때문이다.

할라카는 유태적인 생활 양식이라고 번역할 수 있다. 인간의 모든 행동을 성스러운 차원으로 높이고자 하는 것이다. 제의, 건강, 예술, 식사, 대화, 대인 관계 등등 모든 생활을 규정하고 있다. 기독교도는 그리스도를 믿는 것에 의해서 기독교도가 되는데, 유태인은 그렇지 않다. 행동만이 유태인을 유태인답게 만든다.

하가다는 탈무드의 3분의 1을 차지하고 있다. 이것은 철학, 역사, 도덕, 시, 격언, 성서 해설, 과학, 의학, 수학, 천문학, 심리학, 형이 상학 등 인간의 모든 지혜를 포함하고 있다.

랍비라는 직업

로마인이 유태인을 지배하고 있던 당시에 그들은 유태인을 전멸시키려고 여러 방법을 동원해 냈다. 유태의 학교를 폐쇄시키고, 예배를 금지하고, 책을 불태우고, 유태의 여러 축일을 금지하고, 랍비를 양성하지 못하도록 했다.

랍비 양성 교육을 마치면 이반 학교의 졸업식과 비슷한 합비 임명식이 있었는데, 로마는 이 임명식에 나오는 유태인은 임명받은 자건 임명하는 자건 모두 사형에 처하고, 그 마을을 완전히 파괴되게 하는 자는 무서운 책임감을 느끼게 되기 때문이다.

유태의 사회는 다른 나라와는 달라서 랍비가 없으면 사회의 기능이 마비되고 만다.

랍비는 유태인에게 정신적인 지도자이고 변호사이자 의사이며, 모든 권위를 대표한다. 로마인도 이것을 알고 그러한 조치를 취했던 것이다.

한 랍비가 로마인의 의도를 간파하고 가장 사랑하는 제자 5명을 데리고 마을을 빠져 나와 사람이 살지 않는 깊은 산 속으로 들어갔다. 그것은 혹시나 그가 발각되어 처벌될 경우에 마을이 함께 파괴되는 것을 막기 위해서였다. 그곳은 가장 가까운 마을에서도 3킬로미터 정도 떨어진 먼 곳이었다. 그곳에서 그의 5명의 제자를 랍비로 임명했다.

그러나 그들은 로마인에게 발각되어 제자들이 "선생님, 선생님께서는 어떻게 되십니까?"하고 물었다. 그러자 그는 "난 이만큼 나이를 먹었으니 아무래도 좋지만 그대들은 랍비의 일을 계속해야 하므로 속히 도망치게." 하고 말했다. 5명의 제자는 달아났고 나이든 랍비는 체포되어 칼로 3백 여 군데나 난도질 당하여 죽었다.

내가 이 이야기를 하는 것은 랍비가 유태 사회에서 얼

마나 중요한가를 보여주기 위해서이다. 랍비는 유태 사회의 상징이라고 생각하면 좋을 것이다. 탈무드가 얼마나 중요한 위치를 차지하고 있는가를 이해하지 못하고서는 유태 문화를 파악할 수 없다. 원칙적으로 모든 유태인은 탈무드 전체에 정통하여 그 가르침과 의미를 완전히 깨우쳐야 한다. 유태인은 날마다 일정한 시간 탈무드를 공부하지 않으면 안 된다고 되어 있다. 이것은 단순히 학문적인 것이 아니라 절대적인 종교의 의무이기도 하다. 유태인에게 있어서 하느님을 경배하고 받드는 것은 곧 공부하는 것이나 마찬가지다. 탈무드를 매일 공부하는 유태인은 누구나 하나의 깨달음에 눈뜨게 된다. 랍비 사이에는 상하 관계, 혹은 위계 질서 같은 것은 없다. 랍비에게는 어떤 단체도 없다. 물론 어떤 랍비가 다른 랍비보다 더 현명하다고 보여지면 어려운 질문이나 어려운 의식을 그에게 부탁하는 수는 있다.

오늘날 이스라엘의 종교 학교에서는 9세 때 탈무드 공부를 시작하여 고등학교를 졸업하면 탈무드 이외에는 가르치지 않는다. 따라서 학생은 10년 내지 15년 동안 탈무드를 연구하게 된다. 미국에서 랍비 양성 학교에 들어가려면 우선 일반 대학교를 졸업해야 한다.

랍비 양성 학교는 대학원에 해당되기 때문이다. 랍비 양성 학교에 들어가기 위해서는 아주 엄격한 입학 시험을 치른다. 거기서는 4년 내지 6년 동안 공부한다. 그것은 이미 학교에 입학하기 전에 많은 것을 공부했을 것이라고 간주하기 때문이다. 따라서 입학 시험도 몹시 까다롭다. 입학 시험 과목은 성서, 헤브라이어, 아랍어, 역사, 유태 문학, 법률, 탈무드, 심리학, 설교학, 교육학, 처세학, 철학 등과 몇 편의 논문을 쓰게 되는데 어느 것이나 어려운 과목이다. 뿐만 아니라 졸업할 때에는 그동안 배운 모든 것을 마무리하여 시험을 치르게 된다.

이 중에서 가장 기본적이고 중심이 되는 과목은 탈무드이다. 수업 시간의 반 이상이 탈무드 시간이다. 다른 과목은 교수의 강의로 진행되는데, 탈무드만은 보통의 강사나 교수가 아닌 뛰어난 인격자를 선택하여 강사로

삼는다.

　이러한 학교에서 탈무드를 가르칠 수 있는 사람은 아
주 현명하고 위대한 인물이어야 한다. 탈무드 교사로는
유태 문화가 높은 가장 뛰어나고 현명한 인격자가 선택
된다. 탈무드의 말에 의하면 왼손으로는 학생을 엄하게
훈계하고 오른손으로는 부드럽게 감싸 줄 수 있는 재능
을 가진 사람이어야 한다.

　학생들도 탈무드 교사에게는 특별한 마음을 갖는다.
탈무드는 혼자서 공부하지 않고 둘이 한 조가 되어 공부
하게 된다. 큰 소리로 낭독하거나 함께 합창하기도 한
다. 두 사람은 3년 동안 한 책상에 마주 앉아 공부한다.
탈무드 교사는 결코 어떤 식으로 공부하라는 이야기는
하지 않으므로 스스로 알아서 하지 않으면 안 된다. 탈
무드는 단순히 읽어서는 안 되고 그 깊은 의미를 진실로
파악하지 않으면 안 된다. 보통 1시간의 수업을 받기 위
해 4시간 정도 준비해야 한다. 그러나 고학년이 됨에 따
라 차츰 1시간의 수업을 받기 위해 20시간을 학습해야

하는 경우가 생긴다.

탈무드 과목은 하나하나 가르치는 것이 아니라, 큰 줄기를 대강 이야기하고 어떻게 공부하면 좋은가 하는 방법을 제시해 줄 뿐이다. 저학년에서는 학생들은 모두 책상 앞에 앉고, 교사는 다른 책상에서 이야기를 듣는다. 수업을 받기 위해 준비하는 단계에서는 교사에게 이해되지 않는 부분을 질문할 수 있다.

탈무드 학급은 반드시 그리스어와 라틴어를 해야 하고, 그리스와 로마의 문화와 생활에 대해 많이 알고 있어야 한다.

혼자인 학생은 기숙사에서 생활한다. 기숙사에는 대개 백 명쯤이 생활하고 있으므로, 그곳에는 하나의 학생 사회가 이루어진다. 함께 식사하고 이야기를 나누지만 수도원 같은 분위기는 전혀 없다. 밤이 되면 농구 같은 게임을 하며 즐기므로 일반사회와 격리되어 있는 카톨릭의 수도원과는 다르다.

졸업을 하면 바로 2년 동안은 학교를 위해 봉사를 해

야 한다. 이 봉사는 군대의 랍비가 되어도 좋고, 랍비가 없는 고장에 가서 봉사하기도 한다. 나는 군대의 랍비로 공군에서 2년 동안 봉사했다. 이것이 끝나면 두 가지 길을 선택할 수 있다. 하나는 대학에서 가르치는 것이고, 또 하나는 나처럼 유태인 사회의 랍비가 되는 것이다.

각 교구는 완전히 독립해 있으므로 랍비가 어디로 보내지는 일은 없다. 그 대신에 여러 유태인 지역 사회가 랍비 양성 학교에 편지를 보내어, 자기들이 사는 곳에는 랍비가 없으므로 얼마의 보수를 지급할 테니 랍비를 보내 달라는 신청을 한다.

한편 졸업할 때쯤 랍비들은 희망지를 적어 학교의 사무국에 제출해 둔다. 랍비는 그런 식으로 지역 사회로 가게 되며, 그곳에서 면접 시험을 보게 된다.

지역 사회는 랍비를 자유롭게 선택할 수 있고, 랍비도 지역을 자유롭게 선택할 수 있다. 그러므로 지역 사회는 여러 명의 랍비 후보를 불러서 만나 볼 수 있으며, 랍비도 여러 지역에 가서 자기 마음에 드는 장소를 고를 수 있다. 양쪽에서 서로 합의가 되면 그 교구의 랍비가 되는데, 일반적으로는 2년을 계약 기간으로 한다. 보수나 기타 조건은 랍비와 지역 사회가 계약을 맺는다.

교회, 교구, 또는 지역 사회는 우연히 생기는 것으로, 도쿄의 경우는 그곳에 모여 살던 유태인들이 유태인 수가 이 정도 되니 여기에 교회를 하나 만들자고 하는 것에서부터 시작되었다. 바꿔 말하면 유태인은 교회가 없는 곳에서는 살지 않는다. 유태인에게는 아침에 일어나 세수하고 밥을 먹는 것과 마찬가지로 교회가 반드시 있어야 하며, 아이들을 위한 유태인 학교도 만들어야 한다. 그래서 대체로 유태인이 20가구 정도 되면 교회를 세우고 랍비를 둔다. 한 구역에 랍비가 여러 사람 있어도 상관없는데, 그것은 구역 안에 사는 가구 수에 의해 결정될 문제이다.

지역 사회에 드는 돈은 가구당 매년 내는 분담금으로 쓰는데, 그 밖에 부유한 사람들이 내는 기부금도 있다.

오늘날 랍비의 역할은, 우선 유태인 학교의 책임자이

고 교회의 관리자이자 설교자이다. 그는 유태 전통을 모든 사람들 대신 공부해서, 유태인 사회에서 일어나는 모든 문제를 관찰하는 사람이다. 사람이 태어나면 그 사람을 축복하고, 죽으면 매장하고, 결혼하거나 이혼하면 참석한다. 좋은 일에나 궂은 일에나 참석한다. 따라서 그는 학자이면서 동시에 목사이다.

15세기까지 랍비는 무보수로 일했으며 대개는 다른 직업을 가지고 있었다. 15세기부터 지역 사회가 랍비의 보수를 지급하기 시작했다.

'랍비'라는 말은 1세기부터 사용하기 시작했는데, 헤브라이어로 '교사'라는 의미이며, 영어로는 랍바이(Rabbai, 율법학자)라고 한다.

유태교에서는 시간을 대단히 중요하게 여기지만 지역은 별로 중요하게 여기지 않는다. 따라서 기독교와 같은 성역聖域이라는 것이 없고, 다만 랍비는 성이라고 불릴 뿐이다.

유태인의 생활

그들은 아침 일찍 일어나면 먼저 손을 씻고 식사 시간까지 30분 정도 기도를 드린다. 기도할 때에는 어깨와 머리에 성스러운 상자를 매달고 기도한다.

기도는 집에서 해도 좋지만, 대개는 근처의 교회에 가서 한다. 장소가 어디든지 같은 기도의 말을 한다. 교회에 가면 다른 사람과 함께 기도할 수 있다는 이점이 있다. 심리적으로 볼 때, 혼자서 기도하면 이기적으로 되기 쉽지만 많은 사람이 모인 가운데 하면 집단 의식이 강해진다.

그 후에 아침 식사를 하게 된다. 다시 손을 씻고 식사를 들기 직전에 또 짧은 기도를 한다. 그리고 식사를 한다. 친지나 가족과 함께 식사할 때에는 반드시 탈무드에 관한 이야기를 해야 한다. 식후에도 또 기도를 하는데,

친지나 가족이 있으면 소리를 내서 함께 기도해야 한다. 그 다음에 일하러 간다.

오후는 정오에서부터 해가 질 때까지를 말하는데, 대개 5분 정도의 짧은 기도를 해야 한다.

그리고 밤에는 가까운 학원에 가서 공부한다. 그것은 유태인은 하루 중에 얼마 동안은 시간을 내서 공부하지 않으면 안 되기 때문이다.

VII 성서와 유태인

유태인은 타협을 생활의 지혜로 알고 있다. 한 가정을 살펴보더라도 부모가 자식에 대해 지나치게 엄격히 교육하면 자식은 반항하게 될 것이고, 그렇다고 지나친 애정을 베풀면 역시 자식은 불량해진다. 이 양자를 적절히 조화시킨 교육이야말로 균형 잡힌 교육이라 할 수 있다.

토 라

하느님이 「토라」를 만드셨을 때는 한 가지 구상을 가지고 있었다. 그 계획은 「토라」에 나타나 있다.

「토라」라 함은 성서의 처음 다섯 편 – 「창세기」「출애급기」「레위기」「민수기」「신명기」를 지칭한다.

「토라」는 정의감이 충만한 좋은 사회를 만드는 계획서이다. 그리고 계획을 보는 자는 좋은 것과 나쁜 것을 분별하는 능력을 갖추게 된다.

하느님이 만드시고자 한 세계는 정의에 가득찬 좋은 사회이며, 그곳에 사는 사람들은 선악을 매우 현명하게 잘 분별하는 사람들이다.

「토라」 속의 창세기에는 하느님을 가리키는 말로 두 개의 다른 헤브라이어 낱말이 있다. 하나는 '정의'를 뜻하고 또 하나의 말은 '자비'를 뜻한다.

이것은 하느님이 세계를 정의만을 가지고 만들 수 없

었음을 뜻하고 있다. 왜냐하면 고지식하게 정의만을 지키고 있으면 살아나갈 수 없기 때문이다. 지나치게 엄격히 정의를 구현하려고 하면, 만약 인간이 죄를 범하였을 경우 두 번 다시 용서를 받을 수 없게 된다. 한편, 이 세상이 자비에 의해서만 지배된다고 한다면, 결국 악의 구렁텅이에 빠져버리게 되리라. 그래서 하느님은 정의와 자비를 혼합하여 세계를 만들었다.

'정의'라는 뜻의 헤브라이어는 '에로힘'이라고 한다. 그러나 '자비'라는 헤브라이어에 대해 그 철자는 널리 알려져 있지만 발음을 할 줄 아는 사람은 없다. 그 이유는, 이 글자는 매우 신성하다고 생각되어 옛날 유태인들은 1년에 한 번밖에, 그것도 예배할 때 밖에는 이 말을 꺼낼 수 없었기 때문이다.

유태인 가운데는 이를 가리켜, 정의보다는 자비 쪽이 인간에게 소중한 것임을 하느님이 가르치기 위함이라고 해석하는 사람도 있지만 필자의 생각은 다르다. 어쩌면 이 「구약성서」는 아주 옛날 것인지라, 그 당시에 있어서는 자비라는 낱말이 하느님의 진짜 호칭이고, 정의는 2차적인 하느님의 호칭이 아니었을까라는 생각이다. 물론 「구약성서」가 씌어졌던 당시, 진정 어떠한 뜻으로 이 두 가지 말이 씌어졌는지는 알 수 없다. 그러나 몇 천년 동안 유태인이 이 성서를 사용하여, 자신들의 한 가지 신조를 만들어 냈을 때엔 '하느님'을 지칭하는 말로 정의와 자비라는 이 두 가지 낱말이 다 사용되고 있었다. 그것은 인간이란 정의나 자비 - 이 가운데는 정열이라는 의미도 담겨져 있다 - 어느 한쪽만으로 살아갈 수는 없고 양쪽 다같이 동등하게 가지고 있어야만 살아갈 수 있다고 생각한 때문이 아니었을까. 만약 자비 쪽이 소중하다는 결론이 되어, 그러한 정애情愛만을 가지고 인간이 살아가게 된다면 무정부주의자만 생기지 않을까.

헤브라이어의 철자는 모음이 없고 자음뿐이기 때문에 진정으로 정확한 발음 방식은 알 수 없다. 그리스도 교도는 이것을 '야웨'라든가 '야뻬'라고 발음한다. 유태인들은 이것을 '아드나이'라고 발음하는데, 물론 그것은 옛날 그대로의 정확한 발음인지 어떤지 전혀 알 수 없다. 이렇듯 정확한 발음은 모르지만 아무튼 현재는 '아드나이' 라고 발음하고 있다.

'아드나이' 라 함은, 〈주主〉라는 뜻의 헤브라이어이다. 요컨대, 누구나 정확한 발음을 할 수 없기 때문에 이 글자가 나오기만하면, 그저 아드나이[主]라고 부르기로 되어 있다. 하느님의 십계 가운데서 '하느님의 이름을 함부로 부르지 말라.' 고 하는 하느님은, 이 자비 쪽의 하느님이 사용되고 있다.

따라서 이 '자비' 라는 뜻의 하느님을 가리키는 낱말은, 예루살렘의 신전에서 1년에 단 한번만, 유태의 정월 초하루부터 열흘 뒤인 유태의 성일聖日 중의 성일 때만 소리 높이 부르게 된다. 이 낱말이 외쳐지면 당시의 유태인은 신전 안에서 마룻바닥에 엎드려야만 되었다.

「구약성서」가 씌어질 당시부터 하느님을 가리키는 말, '자비' 라는 뜻이 있었는지 어떤지는 알 수 없다. 나의 생각으로는 자비라는 의미는 아니고, 다만 '하느님' 이라는 뜻이 아니었는가 생각된다.

그런데 그후 유태인이 성서와 더불어 몇 천년이나 살아오면서 성서를 공부하는 동안, 어찌하여 '정의'라는 낱말이 있는데도 따로 또 하나 하느님을 지칭하는 낱말이 있는 것일까.

분명히 이것은 '자비'를 뜻하고 있으리라고 해석하였다. 그리하여 '자비'라는 뜻의 낱말이 '하느님'이 되었으리라.

그런데 '에로힘'이라는 말은 본래 정의라는 뜻을 지니고 있다. 이를테면 재판관도 '에로힘'이라는 낱말로 불리고 있다. 자비라는 뜻의 낱말도 성서의 자비와 흔히 쓰는 자비는 서로 다른 의미일 것이다.

이것은 그 당시부터 성서에 기술되어 있는 이야기는 아니지만, 유태인은 성서의 〈자비〉와 〈정의〉를 함께 사용하는 낱말로서 다음과 같이 설명하였다.

어떤 왕이 매우 값비싼 유리잔을 갖고 있었다. 그 술

잔은 뜨거운 물을 붓거나 얼음물을 부어도 깨져 버린다.
그래서 왕은 언제나 뜨거운 물과 얼음물을 섞어서 부어
넣는 것이 가장 좋다고 말하고 있다.

　이 이야기의 비유에서도 알 수 있듯이, 유태인은 타협
을 생활의 지혜로 알고 있다. 한 가정을 살펴보더라도
부모가 자식에 대해 지나치게 엄격히 교육하면 자식은
반항하게 될 것이고, 그렇다고 지나친 애정을 베풀면 역
시 자식은 불량해진다. 이 양자를 적절히 조화시킨 교육
이야말로 균형이 잡힌 교육이라 말할 수 있다.

칠계명

「창세기」에는 아담과 이브로부터 인류가 시작되어 차츰 죄를 짓게 되고, 홍수로 말미암아 인류는 전멸한다. 그리하여 지금의 인류는 노아로부터 새로 출발한 셈인데, 이 새로운 인류는 과연 성공할 것인가.

하느님은 인류가 평화롭게 살아갈 수 있도록 노아에게 칠계명을 부여하였다. 유태인은 수많은 법률을 가지고 있지만, 이 칠계명에 대해서는 인류 모두가 지켜야 한다고 생각하고 있다.

그 가운데 일부는 성서에 실려 있으며, 일부는 그 해석에서 파생된 것이다. 성서 가운데는 하느님의 십계가 실려 있는데 이것이 유태인을 위한 것이라면 노아에게 내린 칠계명은 온 인류에게 주어진 것이라고 말할 수 있다. 그런 만큼 아주 중요한 계명이라 하겠다.

1. 살아 있는 짐승을 죽여 금방 날고기를 먹지 말라.
2. 남을 욕하지 말라.
3. 도둑질하지 말라.
4. 법을 지켜라.
5. 살인하지 말라.
6. 근친 상간을 하지 말라.
7. 간음하지 말라.

내용 그 자체는 일견 간단한 것처럼 보이지만 4천 년 이상이나 전에 이것이 만들어졌음을 우선 감안해야 한다. 너무 간단한 것이라 하여, 현대적 감각으로 그 중요성을 판단하면 잘못이다.

노아가 방주에서 나왔을 때 노아와 그의 아내와 세 자녀밖에 없었는데, 이 칠계명은 하느님이 노아에게 내리신 것이다.

선택하는 것, 선택되는 것

현대의 유태인이 하느님의 선민選民이라는 데에 대하여 많은 사람이 의혹을 가지고 있음은 사실이다. 최근 영어로 이러한 시詩가 지어졌다.

하느님이 유태인을 선택하심은
참으로 기묘한 노릇이 아닌가
하지만 그것은
유태인이 숱한 하느님 가운데서
올바른 하느님을 뽑은 것인지라
기묘한 일은 아니로다.

이것은 유태인 시인이 지은 것이므로 자화자찬으로 받아들여질지도 모르겠으나, 결코 하느님이 유태인을 선택한 것이 아니고, 유태인이 하느님을 선택했다는 점이 중요하다.

이를테면 경찰이 제복을 입고 어떤 임무를 수행하고 있다 하더라도, 경찰이 다른 사람보다 유달리 뛰어나다고는 말할 수 없다. 마찬가지로 유태인이 하느님에게 뽑힌 백성이라 함은 다만 한 가지 임무가 주어졌다는 것에 지나지 않으며, 결코 다른 민족보다 뛰어나다고 생각해서는 안된다.

하느님은 다른 민족에게도 선민이 되라고 하며 돌아다녔다. 그러나 '살인하지 말라' 라든가, '도둑질하지 말라' 고 하는 십계를 지켜야 됨을 알자 모두들 꽁무니를 뺐다. 그리하여 결국 유태인에게 차례가 돌아온 것이라고 구전에는 적혀 있다.

하느님으로부터 유태인에게 부여된 역할은 두 가지가 있다. 우선 온 세계 사람들에게 유일신의 존재를 가르칠 것, 둘째로 평화를 가져오게 하는 일이다. 유태인 사이에는 다음과 같은 우스갯소리가 있다.

유태인이 하느님에게 가서,

"우리들은 당신이 뽑으신 백성이겠죠."라고 말한즉, 하느님은, "그야 그렇고말고."하고 대답한다. 그러자 유태인은 다시, "그렇다면 저희들은 뽑히지 않아도 좋으니, 다른 백성을 뽑아 주세요."라고 말하였다고 한다.

이 뜻은, 유태인은 하느님에게 뽑힌 백성이라고 말하였기 때문에 너무나 많은 고난을 겪어 왔다는 말이다.

우선 아담과 이브가 실패했고, 바벨탑에서 실패했고, 노아의 세대도 성공하지 못했다. 하느님은 인간이 지상에서 올바른 세계를 실현할 수 있다고 믿고 옳은 행동을 제시하기 위하여 한 민족에게 그와 같은 역할을 부여했기 때문에, 만일 온 세계가 올바른 행동을 하게 되면, 유태인은 이미 선민이라는 의식을 버려야 한다고 대부분 생각하고 있다.

자유

하느님의 십계를 이용하여 유태인이 지켜야 될 갖가지 규율 가운데는 '무엇무엇을 해서는 안 된다.' 라는 부정의 형식이 많다. 하느님의 십계에는 일곱 가지 부정적인 금지 조항이 있고, 세 가지만 장려하는 조항으로 되어 있다.

유태인의 사고방식으로는 '무엇무엇을 하라, 무엇무엇을 하라.' 하는 명령조만 늘어놓으면 인간은 자중을 잃어버리고 만다고 생각한다. 거꾸로 '이것만은 하지 말라.' 고 한다면, 나머지는 전부 자유이므로 진보를 기대할 수 있다는 이야기가 된다.

금기 사항이 많다는 것은 무척 부자유스런 느낌이 들지도 모르겠으나 인간의 행위는 그보다 훨씬 다양하기 때문에 실은 이쪽이 훨씬 자유롭다.

인간이 만들어질 때, 하느님으로부터 나온 최초의 명령은 '생육하고 번성하여 땅에 충만하라.'(창세기 제1장 28절)는 말씀이었다. 따라서 유태인 사이에서는 성性은 결코 죄가 아니다. 두 번째 명령은 '바다의 고기와 공중의 새와 땅에 움직이는 모든 생물을 다스리라.'(창세기 제1장 28절)고 했다. 다시 말하면 세계를 자기 소유로 하라, 세계를 파악하고 인간의 모든 지혜를 짜내라, 요컨대 진보하라는 명령이었다.